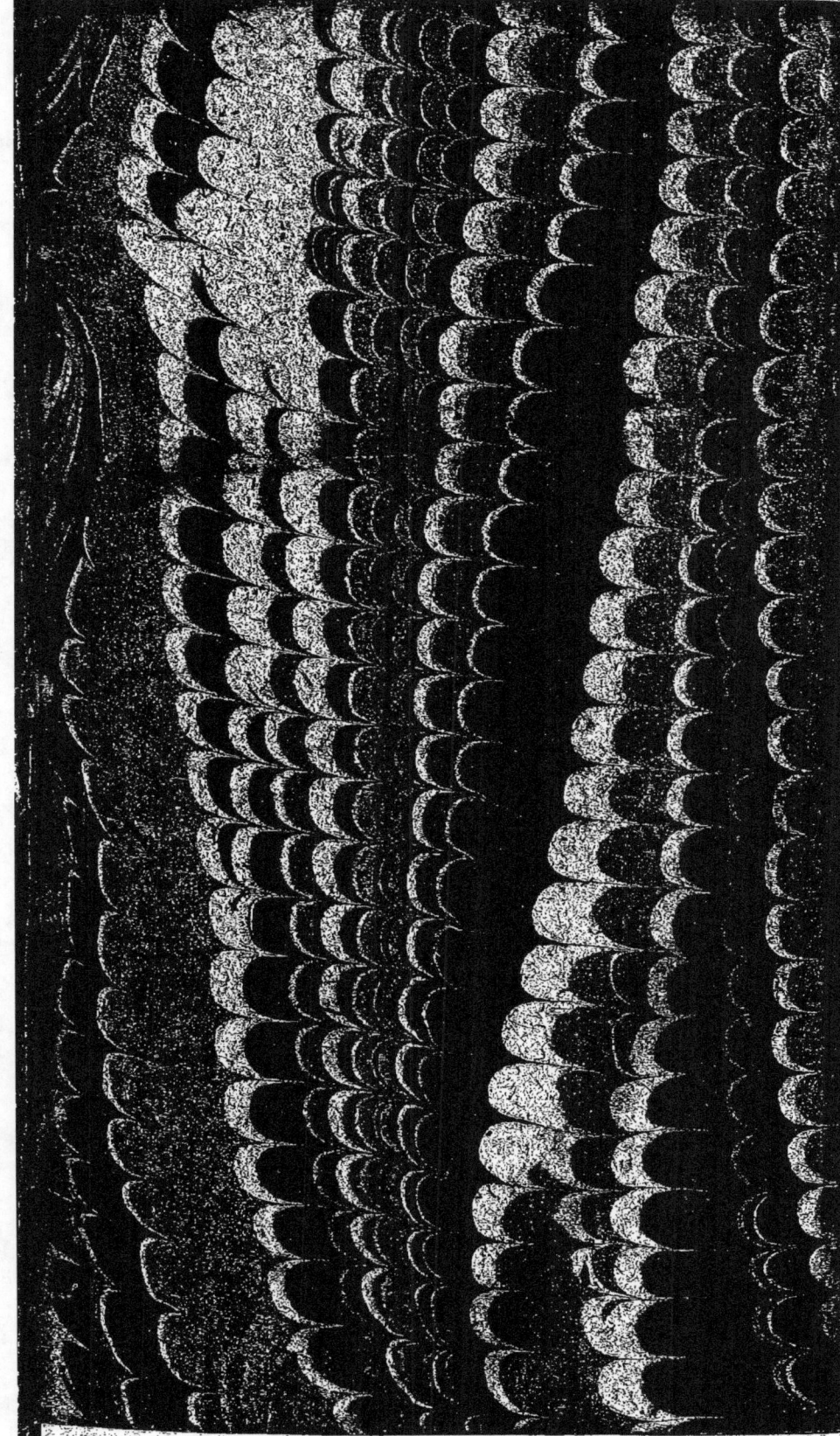

1012   Crébillon fils

3050

TANZAÏ
ET NÉADARNÉ,
HISTOIRE
JAPONOISE.
TOME PREMIER.

A PEKIN,

Chez Lou-Chou-Chu-La, seul Imprimeur de
Sa Majesté Chinoise pour les Langues
Etrangeres.

M. DCC. XL.

PRE'FACE.

CHAPITRE I.
De l'Origine de ce Livre.

C ET Ouvrage est, sans contredit, un des plus précieux monumens de l'antiquité, & les Chinois en font un si grand cas, qu'ils n'ont pas dédaigné de l'attribuer au célébre Confucius. En effet, pour la sagesse des préceptes, la bonté de la morale, la beau-

á 2   té

té de l'invention, la fingulari-
té des évenemens, & l'ordre
qui y eft répandu, ils n'ont
pû fe difpenfer de l'en croire
l'Auteur, ou du moins, de
fouhaiter qu'il le fût. Ce Livre, cependant, eft de Kiloho-éé, Perfonnage Illuftre,
anterieur à Confucius de plus
de dix fiécles, premier Man-
darin de la Loi, revêtu des
Emplois les plus grands, &
connu à la Chine, par un
grand nombre d'Ouvrages,
Hiftoriques, Politiques &
Moraux. Un fçavant Chi-
nois, * qui a fait il y a qua-

---

* Cham - hi - hon - chu - ka-hul-chi.
Hift. Litt. de la Chine. Pekin. 1306. *p.*
-155. I. *Vol.*

tre

tre cent ans , l'Hiſtoire Litte-
raire de ſa Patrie avec une
exactitude admirable, a prouvé par des raiſons invincibles,
que Kiloho-éé étoit ſeul l'Auteur de ce Livre. Ce qu'il en
a donné n'eſt qu'un fragment
d'une Hiſtoire plus longue ,
un eſſai, pour ainſi dire , de
celle de tout un Peuple. Les
raiſons pour leſquelles il a
abandonné ſon projet , ne
nous ſont pas connuës. Quelque honneur que Kiloho-éé
ait attendu de ce commencement, qui ne forme que l'Hiſtoire particuliere d'un Prince, il n'a pû s'empêcher d'a-
vouer qu'il l'a traduit de l'ancienne langue Japonoiſe , ſur

á 3   un

un manuscrit très-vieux, &
l'Auteur Japonois l'avoit lui-
même traduit de la langue des
Chéchianiens, peuple qui dès
ce tems-là ne subsistoit plus.

Le Japonois, dans un en-
droit, assure que sa Nation
tenoit à honneur, de des-
cendre des Chéchianiens,
mais il dit en même tems qu'il
ne restoit aucune preuve de
cette descendance, & il croit,
en Auteur judicieux, qu'une
chose aussi importante, ne
peut, pour être crûë, être
trop bien constatée. Il entre
même sur cet article dans une
dissertation que Kiloho-éé
n'a point traduite, parce qu'-
elle n'éclaircissoit rien. Il seroit

roit plus difficile aujourd'hui de fçavoir ce qui en eft. Sous le bon plaifir du Lecteur, on paffera donc à des faits d'une difcuffion plus aifée.

CHAPITRE II.

Comment ce Tréfor a paffé en France.

UN Hollandois, homme d'efprit, fe trouvant à Quang-ton, il y a près de cent ans, fut obligé par fes affaires, d'y demeurer affez de tems pour pouvoir apprendre paffablement le

Chi-

Chinois. Dans le tems que
pour s'y former davantage, il
cherchoit à faire une traduction, ce Livre lui tomba entre les mains ; il l'admira, l'en-
treprit, & parvint, après un
travail de trois ans, à le mettre en Hollandois ; mais, très-
imparfaitement, selon qu'il
l'a avoué lui-même. Peu curieux de le donner au Public,
il repassa en Europe, & laissa
son Ouvrage au Sçavant *Jean-
Gaspard Crocovius Putridus*,
de Leïpsik, son ami intime,
& connu dans la Litterature
par la dispute qu'il a euë avec
Emmanuel Morgatus, sur une
chose importante. Il s'agissoit de sçavoir si les Meutes de

la

la chaste Diane étoient com-
posées de Chiens & de Chiennes, ou seulement de l'un ou
de l'autre sexe de ces animaux.
Après des contestations très-
vives, la palme demeura *à Putridus*, qui prouva par des raisons tirées de la pudeur de la
Déesse, & par les témoigna-
ges des plus Grands Hommes
de l'Antiquité, qu'elle n'avoit
jamais eu que des Chiennes.
Le Hollandois arriva dans le
tems que *Putridus* étoit com-
plimenté par tous les doctes
d'Allemagne, sur l'important
service qu'il venoit de rendre
à la République des Lettres ;
il le pria de commenter sa traduction Chinoise. *Crocovius*
la

la traduifit en Latin, l'enri-
chit de Notes & de Commen-
taires, & il étoit prêt de la donner au Public, en trois Volumes in Folio, lorfqu'une mort
prématurée enleva ce fçavant
homme. *Balthafar Onérofus,*
& *Melchior Infipidus,* fes ne-
veux, heritiers des biens, &
de la fcience profonde de leur
Oncle, augmentérent encore
fon Livre, le commentérent,
éclaircirent fes notes, en
ajoutérent de nouvelles, com-
parérent les leçons, reftitué-
rent les paffages, & le fai-
foient enfin imprimer à Nuremberg en cinq Volumes in-
folio, lorfque la pefte les emporta. Leurs enfans, moins
éru-

érudits, & hors d'état peut-
être de subvenir aux frais
d'une Edition de cette impor-
tance, vendirent l'Ouvrage
de leurs Peres à un Noble Ve-
nitien, qui se trouva pour
lors à Nuremberg. Ce Sei-
gneur nommé *Annibale*, *Giu-*
lio, *Scipione*, *Buz-è-via de*
gli Tafanari, de retour à Ve-
nise, le traduisit en sa langue,
non tel qu'il l'avoit acheté.
Comme il n'entendoit que
très-imparfaitement le Latin,
il laissa à part l'érudition; ai-
dé par un frere servite, &
tous deux s'aidant d'un Dic-
tionnaire, il le mit enfin en
état de paroître en langue Ve-
nitienne. Si son Excellence
Buz.

Buz - è - via avoit pû profiter
des remarques fçavantes dont
les Allemands avoient orné
cet Ouvrage, la France l'auroit plus complet, & mille
chofes qui ont befoin d'é-
claircissemens, n'en refte-
roient pas privées. On ne fe
flatte pas d'avoir bien réuffi à
cette derniere traduction. Le
Vénitien eft un Jargon difficile à entendre, & la Traducteur François avoue que
dans le Tofcan même il y a
bien des termes qui l'arrê-
tent.

Ce qui ne paroîtra pas extraordinaire, quand on fçau-
ra qu'il n'a étudié l'Italien
que deux mois, fous un François

çois de ſes amis , qui n'avoit
été à Rome que ſix ſemaines.

CHAPITRE III.
& dernier.

Inconveniens auſquels il a
fallu remedier : Eloge du
dernier Traducteur.

ON peut aiſément infé-
rer des différentes mains
par leſquelles ce livre a paſſé ,
qu'il doit lui reſter peu de
ſes graces nationales , & je ne
ſçais , à tout prendre , s'il en
fera moins bon. Les Livres
Orientaux ſont toujours rem-
plis

plis de fatras, & de fables ab-
furdes. Les Religions des Peuples de l'Orient, ne font fondées que fur des contes qu'ils
mettent par-tout, & qui feroient auffi ridicules pour
nous, qu'ils font vénérables
pour eux. Ces religieufes fo-
lies donnent à leurs écrits,
un air bizarre qui a pû plaire
dans fa nouveauté, mais qui
eft trop rebattu aujourd'hui,
pour que le Lecteur lui trouvât des graces. Outre leurs
Dieux à qui ils font jouer toutes fortes de Perfonnages, ils
mettent en œuvre les Genies,
& les Diws ; on les trouve
dans leurs plus férieufes Hif-
toires ; & fi quelqu'un de leurs
Héros

Héros est dans quelque grand danger, c'est une Dive qui l'y a plongé, c'est une Ginne qui l'en retire. Ces êtres imaginaires fondent, & dénouent les trois quarts de leurs Contes. Et quoiqu'ils donnent souvent lieu à des événemens singuliers, on s'ennuie de ne voir jamais sur la Scéne que les mêmes Acteurs, & cela marque une stérilité d'imagination, qui impatiente. D'ailleurs, leur façon de narrer, est remplie de Métaphores, & de certains tours, que la simplicité de notre langue ne permet de rendre ni avec exactitude, ni avec agrément. La traduction d'un Li-

vre

vre Oriental en François, est donc un Ouvrage plus difficile qu'on ne pense : Quoique celui-ci ait été traduit du Vénitien , on ne doit pas croire qu'il en ait donné moins de peine.

Le Seigneur Annibal a tout confondu, & il n'a pas fallu un travail médiocre pour arranger les faits comme on peut croire que Kiloho-éé l'avoit fait. Au nom de Ginne peu connu parmi nous, j'ai substitué celui de Fée dont nous faisons communément usage. Où j'ai pû retrancher les noms barbares, je l'ai fait : La Ginne *Hic-nec-sic-la-ki-ha-tipophetas* , formoit un nom in-

infuportable à prononcer, je l'ai changé ; en un mot, je n'ai rien oublié de tout ce qui pouvoit rendre cet Ouvrage parfait, & je ne doute point qu'il ne le foit. Je l'ai embelli, en quantité d'endroits, de réflexions également neuves, & judicieufes. Il eft écrit avec un foin, une netteté, & une précifion merveilleufe, & je fuis perfuadé que Kiloho-éé eft infiniment inférieur à cette traduction, quoique faite d'après une langue que je n'entends prefque pas.

Pour le fonds, il peut être extravagant ; mais c'eft vraifemblablement la faute de l'original. On auroit tort d'exiger

é ger

ger de l'imagination d'unChi-
nois, la régularité , & le goût
qui brillent dans nos Auteurs
François, qui toujours com-
paffez , font prefque toujours
forts raifonnables , & froids
encore plus fouvent. Fondés
en cela fur je ne fçai quel pré-
cepte d'Horace, que de bon
cœur , je mettrois ici , fi je
m'en fouvenois parfaitement;
mais cet Horace prétend que
la raifon foit égayée, & n'ordonne pas qu'on ennuye fes
Lecteurs , à force de fageffe.
Je fuis , au fonds , très-
perfuadé que ceux de nos
Auteurs que nous trouvons
fi arrangés , voudroient pouvoir l'être moins , & pécher

un.

un peu plus contre les régles. Leurs Ouvrages en feroient moins décents , mais plus agréables , & mieux lûs.

TABLE

TABLE
DES CHAPITRES.

DES MATIERES.

LIVRE

TABLE

LIVRE SECOND.

CHAP.

DES MATIERES.

CHAP.

TABLE, &c.

TANZAI

TANZAÏ
ET
NÉADARNÉ.

LIVRE PREMIER.

CHAPITRE I.

Ce que c'est que le Prince Hiaouf-Zélès-Tanzaï.

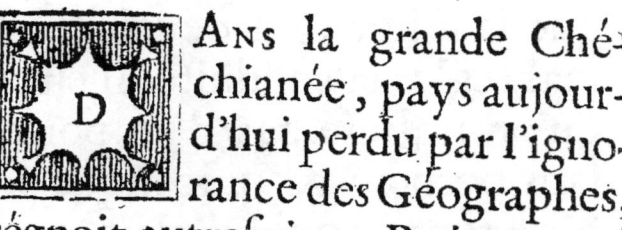

Ans la grande Ché-chianée, pays aujour-d'hui perdu par l'igno-rance des Géographes, régnoit autrefois un Roi nommé

Tome I.   A   Cé-

Céphaès ; nom qui fignifioit dans la langue du pays, (auffi ignorée à préfent que la langue Punique) *Bonheur du Peuple*. Nom augufte que le hazard & la flatterie, lui avoient peut-être donné. Ce Prince ne fe voyoit pour fucceder à fa vafte puiffance, qu'un feul fils, pour lequel les Chéchianiens avoient un refpect extraordinaire, & qui, dès fes plus tendres années, faifoit (fans qu'ils fçuffent bien pourquoi) leurs plus cheres efpérances. En ce tems-là, les Fées gouvernoient l'Univers.

On n'ignore pas que ces intelligences confultant plus le caprice que la raifon, en devoient affez mal régler la conduite. Il eft rare qu'on n'abufe pas d'un pouvoir fans bornes ; & quiconque peut faire tout ce qui lui plaît, ne détermine

termine pas toujours ſes volontés ſur la Juſtice. C'eſt ce qui arrivoit aux Fées ; elles étoient en grand nombre , connoiſſoient peu entr'elles la ſubordination ; leur ſexe , les interêts qui l'animent , peu importans quelquefois , mais toujours vifs ; la jalouſie du commandement , celle de la beauté , l'envie de faire parler d'elles , la fantaiſie , qui pour des Déïtez femelles eſt un mobile conſiderable , faiſoient naître entre ces Puiſſances , les guerres les plus ſanglantes.

Le fils de Céphaès avoit été reçû en venant au monde par la grande Fée *Barbacela*, Protectrice déclarée de ſa maiſon depuis un tems immémorial. Elle donna au jeune Prince , à cauſe de ſa grande beauté, le nom de *Hiaouf-Zélès-Tanzaï* (*rival du Soleil*) &

le doüa en même tems de tous
les avantages qui peuvent élever un mortel à la plus haute
perfection. Il fçavoit tout fans
avoir rien appris. Chez les perfonnes d'un haut rang, ce n'eft
pas chofe rare qu'elles croyent
tout fçavoir ; mais Tanzaï n'é-
toit point dans ce cas-là, & fes
talens étoient effectifs. Il poffedoit à un point égal la Poëfie, la
Peinture & la Mufique ; le Lyri-
que, l'Epique, le Dramatique
ne lui coûtoient pas plus l'un que
l'autre ; il ne réuffiffoit pas moins
dans le badin & le puérile ; & le
Madrigal, l'Epigramme, l'Elégie,
l'Idylle, l'Eclogue, l'Anagramme
& les Bouts-rimés, lui étoient
auffi familiers que le refte. Cependant, comme il n'eft pas de génie
univerfel, il ne pût jamais parve-
nir à faire des Acroftiches. Quoique

que son goût le plus déterminé fût
pour la Poësie, il ne négligeoit
pas les autres Arts ; tous les Curieux de Chéchian avoient de ses
Tableaux dans leurs cabinets ,
& tous les *ex voto* du grand Temple n'étoient peints que par lui.
On representoit souvent à Chéchian , des Opéra dont il avoit
fait lui-même la musique & les
paroles. On ne sçauroit nier qu'il
n'eût le meilleur goût du monde,
& rien ne le marquoit mieux
que la préférence qu'il donnoit
à la Vielle sur tous les autres Ins-
trumens. Il avoit une si vive
passion pour elle, que Céphaès ,
qui adoptoit aveuglément tous
les caprices du Prince , avoit fait
suspendre dans les Tours des
Temples de Chéchian , au lieu
des timballes qui appelloient auparavant les peuples à la priére,
A 3   des

des Vielles d'une groſſeur énormes. Des Princes du Sang avoient été chargés du ſoin d'en jouer dans les occaſions néceſſaires, & pour ce, étoient décorés du titre ſuprême de grands Vielleurs de l'Etat. Cette charge devint même une des plus grandes du Royaume, & le plus ancien des Vielleurs étoit déclaré Connétable. Le Roi pour donner à cette dignité un plus grand luſtre, honora ceux qui en étoient pourvûs, de la culotte de peau d'Ours, garnie de Marons d'Inde. Honneur qui peut paroître bizarre, mais qui, ſelon les préjugés de ce peuple, étoit la marque de la plus particuliere diſtinction. Tanzaï répondoit aux bontés de ſon pere avec cet attachement que donne une excellente éducation ; aimé des peuples qu'il devoit

voit un jour gouverner , l'objet des attentions de la grande Fée Barbacela, l'admiration de toute la terre , rien ne paroiſſoit manquer à ſon bonheur. Cependant il étoit né avec un cœur tendre , & il ne lui étoit pas permis d'aimer.

La Fée , ſur je ne ſçais quels accidens dont le Prince étoit menacé , s'il aimoit , ou s'il ſe marioit avant que ſa vingtiéme année fût accomplie , lui avoit expreſſément défendu l'un & l'autre , juſques au tems où le deſtin le laiſſoit maître de lui-même : ces ordres étoient précis , & il étoit auſſi dangereux pour Tanzaï d'y contrevenir , qu'il lui étoit difficile de s'y ſoumettre.

Comment dans une Cour où tout reſpiroit le plaiſir , où les femmes joignoient à leurs agré-

mens

mens ce que la coquetèrie a de plus féduifant , où leur unique affaire enfin étoit d'exciter les defirs , & de les fatisfaire , un Prince jeune , aimable & fenfi-ble, pouvoit-il garder long-tems fon indifférence ? C'étoit en vain qu'il auroit pû s'en flatter. Auffi, Tanzaï fentant combien pour quelqu'un à qui la vertu eft re-commandée , la Cour eft un fé-jour pernicieux , & accablé par tout , ou de regards tendres , ou de déclarations preffantes ; réfo-lut enfin d'en fortir , de fe retirer dans un Palais qu'il avoit fur les bords de la mer , & d'en faire défendre l'entrée à quelque fem-me que ce fût. Cette réfolution furprit extrêmément : on igno-roit les raifons de cette retraite , & les femmes qui en furent cho-quées , répandirent des bruits fort

fort defavantageux à Tanzaï qui
ne les fçût pas, ou qui ne s'en
embarraffa guéres. Il avoit dix-
huit ans quand il s'enferma dans
cette folitude, & il ne comptoit
pas trois mois de plus quand il
s'en ennuya. Loin de ce Sexe
charmant qui l'occupoit déja
tout entier, rien ne l'amufoit,
les reffources de fon efprit lui devinrent inutiles : moins il con-
noiffoit le plaifir d'aimer, plus il
s'en formoit une image flatteufe.
Cette union fi tendre de deux
cœurs, que fouvent il avoit
peinte dans fes Ouvrages, ces
tranfports, cette volupté fi vive
de l'amour, devinrent enfin le
feul bien dont il voulût jouir.
Son ennui ne faifant qu'augmenter, il prit le parti de dire à la
Fée qu'il vouloit, & retourner à
Chéchian, & fe marier, quelque
chofe

chofe que le deftin pût en dire.
Barbacela n'oublia rien pour le
détourner de cette idée ; mais
malgré fes remontrances, il fixa
le jour de fon départ. La Fée,
fans l'abandonner à fon fort, le
plaignit, & réfolut de fe fervir
de toute fa puiffance pour préve-
nir les malheurs qu'il devoit
éprouver, ou pour les foulager
du moins. Les Lecteurs affez pa-
tiens pour continuer cette Hiftoire, verront dans la fuite, combien fervirent au Prince les précautions de la Fée.

CHA-

CHAPITRE II.

Retour du Prince : Assemblée du Conseil : Proposition de Mariage : Arrivée des Princesses ; leurs agaceries, comme quoi reçûës.

LE retour du Prince donna lieu à de nouvelles conjectures, & fut pour les politiques de Chéchian une source inépuipuisable de raisonnemens & de chimeres. Le peuple qui ne cherche jamais tant à donner une cause aux actions de son Souverain , que quand elle lui est le plus cachée, s'épuisa en considérations , & ne devina pas plus

les

les motifs du retour, que ceux de l'absence. Les femmes furent moins embarraffées, & il n'y en eût pas une qui ne crût que Tanzaï, brûlé d'un feu secret que sa fierté avoit en vain combattu, ne revenoit que pour rendre à son vainqueur un hommage qu'il ne pouvoit plus lui refuser. Mais à propos de quoi cette réferve? Dans un rang auffi élevé, doit-on diffimuler fes defirs, & les Princes font-ils faits pour un amour timide? Leurs idées n'étoient cependant pas fans fondement. Le Prince étoit dévôt; les perfonnes de cette efpece peuvent être tentées, mais elles voilent leurs mouvemens plus qu'elles ne les combattent, & ne s'oppofent à leur chûte qu'autant qu'elle ne peut point être ignorée. Combien, par exemple, ne doit-

doit-on pas de Prudes à la crainte de l'éclat !

Entre les femmes qui prétendoient au cœur de Tanzaï, sa
Gouvernante croyoit ses droits le
mieux fondés, & ne doutoit pas
qu'au moins par reconnoissance,
si ce n'étoit par inclination, il ne
lui donnât ses premiers soupirs
ou ses premieres fantaisies. Les
Coquettes les plus expérimentées
de la Cour se disputerent aussi sa
conquête, & étalerent à ses yeux
tout ce que l'envie de plaire, a fait
imaginer aux femmes, en mines,
& en façons. L'indifférence du
Prince n'en fut pas ébranlée, il
vouloit une beauté modeste, simple, qui ne tint rien de l'art, &
qu'il pût, sans l'offenser, voir
avant sa toilette. Il proposa même cette épreuve, elle embaras-
sa les prétendantes, quelque
bonne

bonne opinion qu'elles euſſent
de leurs charmes , & elles aimé-
rent mieux renoncer au cœur de
Tanzaï , que de ſe montrer à ſes
yeux , telles que les laiſſoient les
veilles de la Cour , & les fatigues
de leur état.

Le Roi, cependant, ſongeoit ſé-
rieuſement à marier ſon fils , &
comme c'étoit une affaire importante , il voulut en conférer
avec ſon Conſeil. Les Miniſtres
Etrangers propoſerent chacun la
Fille de leur Maître ; ils étoient
douze qui pouvoient ſe flatter de
cette alliance : mais Céphaès ne
jugeant pas que ſon fils pût épouſer douze Princeſſes , ſe trouva
irréſolu ſur le choix. Les Rois
dont on lui offroit les filles ,
étoient extrêmément puiſſants ;
il étoit dangereux de les mécon-
tenter , & l'on n'en pouvoit con-
tenter

tenter qu'un ; jamais matiere
plus férieufe n'avoit exercé la
fageffe du Confeil. Celle du Prince, fupérieure à tout, lui fug-
géra alors un parti convenable
au bien du Royaume, & à la
Majefté des Rois voifins. Il pro-
pofa que chacun de ces Princes
envoyât à Chéchian, la Princeffe qu'on lui deftinoit pour
époufe, qu'elles reftaffent toutes
à la Cour treize femaines, qu'il
en employeroit douze, tour à
tour auprès d'elles, ou pour
mieux juger de leur mérite, ou
pour leur laiffer la liberté de décider fur le fien ; que la treizié-
me femaine, après avoir pefé
mûrement la beauté de leurs perfonnes, ou la douceur de leur
caractere, il déclareroit fon
choix : Qu'en agiffant de cette
façon, aucun des Souverains,
dont

dont il étoit queſtion, ne pourroit imputer à mépris le refus
qu'il feroit de leur alliance, puiſque les ſeuls agrémens le déter-
mineroient.

Le Conſeil applaudit à la ré-
ſolution du Prince ; les Miniſtres
en firent part à leurs Maîtres, qui
y ſouſcrivirent. On travailla à
loger dans le Palais, les beautés
qui alloient l'occuper, & bien-
tôt après on les vit arriver. Les
fêtes les plus ſuperbes ſignalerent
le plaiſir qu'on avoit de les voir;
on repreſenta divers Opera du
Prince qui furent tous admirés
par complaiſance, ou par juſtice.
Tanzaï, au premier coup d'œil,
trouvant les Princeſſes également
aimables, auroit bien voulu les
épouſer toutes ; mais le reſpect
des Loix le retint, & il ſe contenta de leur faire, tant en Pro-
ſe,

fe , qu'en Vers , les plus jolis complimens du monde.

Si les Princeſſes lui avoient plû , aucune de ſes graces ne leur étoient échappées , il plût à toutes, & cette conformité de ſentimens augmenta l'averſion qu'elles ſe ſentoient déja les unes pour les autres.

On ſçait aſſez de quoi les femmes ſont capables quand elles ont envie de s'enlever un amant, mais comme on n'a jamais vû un homme ſeul , être l'objet des vœux & des adorations de douze femmes, & qu'il ſeroit aſſez ſimple qu'on pût ne pas ſe faire une idée bien exacte de cette ſituation , on ſe croit obligé de dire qu'il y avoit douze fois plus de haine & de médiſance entr'elles, qu'on n'en voit d'ordinaire ; par conféquent douze fois

Tome I.   B   plus

plus de minauderies, qui tour-
noient toutes au profit du Prince,
que ce manége ne laiſſoit pas d'a-
muſer.

Quand une de ces Princeſſes
avoit trouvé une façon nouvelle
de marcher, de ſe compoſer la
bouche, ou de regarder; les autres
pour rencherir, devenoient lou-
ches, ſe faiſoient remonter la
bouche aux yeux, ou prenoient
la démarche du monde la plus ridicule. Il en étoit ainſi du reſte,
car ſçachant que Tanzaï ſe piquoit de toutes ſortes d'Arts,
elles étoient toutes Poëtes, Pein-
tres, Muſiciennes, &c. & l'on
ne ſçauroit imaginer combien
cette émulation produiſoit de
ſottes choſes en tout genre. Tanzaï craignant de leur déplaire par
une préférence qu'elles auroient
crû injuſte, voulut que le ſort
dé-

décidât entr'elles de leur rang ,
& difpenfa fon tems de façon ,
que dans la journée il ne voyoit
uniquement que celle qui étoit
de femaine. Il affiftoit à fa toilette , lui donnoit la main par tout ,
mangeoit avec elle ; mais le foir
aux fpectacles , où au cercle , il
voyoit toutes les autres , & c'é-
toit alors que ces rivales l'exami-
nant , lui trouvoient un air contraint & ennuyé , & jugeoient à
fa phifionomie , que la Princeffe
en place , étoit celle qui lui plai-
foit le moins. Leur feule vanité
leur faifoit cependant former ces
conjectures , & les manieres de
Tanzaï , quoique fon cœur fe
fût déja déterminé , étant les mêmes pour toutes , devoit les laiffer là-deffus dans une irréfolu-
tion où il feignoit d'être encore
plongé lui-même.

B 2　　CHA-

CHAPITRE III.

Amours du Prince : Sageſſe inouie de Néadarné.

ONze ſemaines s'étoient déja paſſées , & la Princeſſe
qui échut à Tanzaï pour la derniere , étoit celle pour qui , mais
en ſecret , ſon cœur s'étoit déclaré. De quelque circonſpection
qu'il eût uſé, ſon amour étoit ſçû
de la Princeſſe ; celui qu'elle ſe
ſentoit elle-même , l'avoit éclai-
rée ſur les ſentimens de Tanzaï ,
& leurs yeux s'étoient mille fois
déclaré leur tendreſſe, avant que
leur bouche en eût prononcé
l'aveu.

Tanzaï

Tanzaï n'auroit pû faire un plus beau choix ; le foin que toutes ces Princeffes prenoient d'imiter celle qu'il aimoit, la jaloufie qu'elles avoient contr'elle, prouvoit affez fon mérite. Il l'avoit lui-même remarqué dès le premier jour, mais contraint par une loi qu'il s'étoit impofée, il avoit fallu qu'il attendît que le fort l'approchât d'elle. Enfin cet inftant heureux venoit d'arriver : Preffés tous deux de s'expliquer ce qu'ils fentoient, de fçavoir s'ils ne s'étoient point mépris à leurs regards, de jouir pour la premiere fois, du bonheur fuprême de s'aimer fans contrainte, ils ne purent diffimuler leur joye.

Néadarné (c'eft ainfi que s'appelloit la Princeffe) juftifioit les defirs de Tanzaï. C'étoit une
brune

brune qui poffedoit , avec les agrémens particuliers aux femmes de cette couleur , ceux qu'on admire dans les blondes : fes yeux noirs étoient extrêmément vifs , mais depuis qu'elle avoit vû le Prince , une tendre langueur en paroiffoit modérer l'éclat. Sa bouche , qui ne s'ouvroit jamais que pour dire les chofes les plus brillantes , ou les plus fenfées , étoit agréablement coupée & ornée des plus belles dents du monde ; fa taille haute, droite & majeftueufe , étoit en même tems noble & libre ; fes jambes & fes mains tournées par les Graces , donnoient fur tout le refte , les préjugés les plus avantageux : toutes fes actions, tous fes difcours avoient une grace inexprimable. Elle n'avoit recours, pour plaire , foit pour fa
figure ,

figure, foit pour fon efprit, ni à
cette pétulance affectée, qui eft
toujours aux dépens de la raifon
& de la bienféance, ni à ces
mots entortillés, & à ce fade
jargon, qui devroient être par-
tout auffi méprifés, qu'ils font
ridicules. Quelle ame infenfible
ne fe fût émûë à cet objet !

Tanzaï ne vit pas plutôt paroître le jour qui lui permettoit
de parler à fa Princeffe, que
preffé par les mouvemens de fon
cœur, il alla attendre fous fes fe-
nêtres, l'inftant où il pourroit la
voir.

Néadarné auffi inquiete que
lui, s'éveilla auffi de meilleure
heure que de coutume. Le premier bruit qui frappa fes oreilles, fut celui que Tanzaï faifoit
en chantant amoureufement des
Impromptu qu'il compofoit fur

fa

fa paffion. Elle fe leva précipi-
tamment, mais craignant que la
décence ne fût bleffée, fi elle paroiffoit à la fenêtre, & ne voulant pas d'un autre côté qu'elle
lui fît perdre l'occafion de parler
au Prince, elle fit faire tant de
bruit dans fon appartement, que
Tanzaï jugea qu'elle étoit éveillée, & fe préfenta pour entrer.
Néadarné qui ne l'avoit vû auprès de fes rivales commencer la
journée, que le plus tard qu'il
pouvoit, augura bien de ce commencement. Le Prince l'aborda
avec ce trouble & cet égarement
qu'on n'éprouve qu'auprès de ce
qu'on aime avec tranfport. Les
femmes de la Princeffe s'étoient
retirées. Comment s'y feroit-
elle oppofée ? La loi le vouloit.

Demeuré feul avec elle, il
n'en fut d'abord que plus timide :

de : long-tems ses yeux seuls par-
lerent de son amour, & la Princesse les entendit mieux qu'elle
n'auroit entendu ces discours im-
pertinens & fades, que la sottise
des hommes & la coqueterie des
femmes ont depuis imaginés. Ce
silence devoit pourtant cesser.
On admire quelque tems, mais
enfin on parle de ce qu'on admire ; & ce que la Princesse mon-
troit d'appas aux yeux de Tanzaï, lui offroit une source inta-
rissable de plaisirs & de louanges. Enfin, il parla.

Puis-je espérer, lui dit-il en
bégayant, & avec une contenance mal-assurée, que vous ne
vous méprendrez pas à mes soins,
& que vous aurez assez de bonté
pour y répondre ? Ah Seigneur !
lui répondit-elle, s'ils sont sin-
ceres, que ne devez-vous pas en

attendre ? S'ils le font ? ma Princesse ! ah que ce doute nous est
injurieux ! En achevant ces paroles, il s'étoit jetté aux genoux
de Néadarné, qui contente de
son Amant, l'écoutoit avec cette
complaisance que donne l'envie
d'être persuadée. Eh bien ! je
vous crois, cher Prince, lui dit-
elle tendrement, & comment
avec l'amour dont je brûle pour
vous, ne vous croirois-je pas ?
Recevez, ajouta-t'elle en lui ten-
dant la main, les assurances de
ma passion, parlez-moi sans cesse
de la vôtre ; quel bonheur pour
moi de vous aimer éternelle-
ment !

Tanzaï accablé de l'excès de
ses plaisirs, baisoit la main de sa
Princesse. Avec quel transport
ne lui parla-t'il pas de la premiere impression que sa vûë avoit
faite

faite sur lui ? du dégoût qu'il
avoit conçû pour ses rivales ; de
la peine qu'il avoit eûë à se contraindre , & de son impatience.
Combien de sermens d'aimer
toujours ! Que d'amour éclatoit
dans ses yeux ! Que la Princesse ,
qui attachoit sur eux ses regards
avides , y lisoit & y puisoit de
tendresse ! Tous deux troublés ,
tous deux ennïvrés de délices ,
ne sentoient plus que leurs desirs.

Tanzaï animé par tant de
beautés , sûr d'être aimé , voulut profiter du desordre où il
voyoit Néadarné. Il commença
par un soupir qu'il acheva sur ses
lévres , où l'Amour lui-même le
porta. Elle auroit assûrément
voulu s'en défendre , mais il est
douteux qu'en pareille occasion,
on ait toutes les forces qu'on
pour-

pourroit avoir. Un Amant à qui
l'on craint de déplaire, & qui
n'a pas la même peur, est plus
fort par votre foiblesse, que vous
n'êtes foible par sa force. Quoi
qu'il en puisse être, le Prince
exigea qu'elle lui confirmât le
baiser qu'il avoit pris. La vertu
ne le vouloit pas, mais l'amour
l'ordonnoit, & il semble que
l'une n'ait été imaginée, que
pour être sans cesse sacrifiée à
l'autre. Plus on a, plus on veut
avoir. Un desir satisfait en fait
naître un autre dans le cœur d'un
Amant : sur ce qu'on lui permet,
il voit ce qu'on peut encore lui
permettre.

La Princesse étoit dans un de
ces deshabillés si négligés, que par
la faute d'une épingle qui vient
à sauter, on expose plus de choses, qu'on n'en défendoit auparavant

ravant. Une tunique qui s'ouvrit, fit voir au Prince, une gorge d'une forme si admirable, & d'une blancheur si éclatante, qu'il ne put assez se contenir pour ne pas avoir l'envie de perdre encore le respect. Néadarné avoit si long-tems combattu pour un simple baiser, qu'il jugea que la moindre permission qu'il lui demanderoit sur ce nouvel objet qu'il découvroit, lui seroit sévérement refusée. Résolu donc de ne devoir ce nouveau plaisir qu'à lui-même, il y porta les mains, puis la bouche. Puis la Princesse & lui ne disant mot, ne se regardant plus, ne revinrent de leur saisissement que pour recommencer à s'y remettre. Qu'auroit-elle fait ? Elle avoit de la vertu, mais dans une situation aussi embarrassante, tout ce que

C 3   peut

peut une femme vertueuse, est moins de mettre un frein aux transports d'un amant, que de se souvenir qu'elle devroit le faire.

La réflexion est alors d'une foible ressource, s'il est vrai encore qu'elle puisse naître dans le sein du plaisir. Vient-elle après, de quoi a-t'elle sauvé? La Princesse se trouvoit plongée dans un égarement d'autant plus dangereux pour elle, que c'étoit la premiere fois qu'elle l'éprouvoit, & que faute d'expérience, elle ne pouvoit le combattre. La violence des desirs du Prince, commençoit cependant à l'effrayer, & elle le repoussa doucement; mais étoit-il en état de rien comprendre?

Dans ce mouvement, sa jarretiere, peut-être mal attachée, tomba.

tomba. Tanzaï, poli naturellement, & en qui l'amour augmentoit le sçavoir vivre, s'offrit
respectueusement à la placer.
Le lui refuser, c'étoit lui faire
croire cette faveur d'une grande
conséquence, & lui donner plus
d'envie de la ravir. Elle y consentit donc, n'ayant pas le tems
de mieux faire. Lui qui n'avoit
jamais mis de jarretieres à quelque Dame que ce fût, ne sça-
chant où communément on les
plaçoit, & d'ailleurs troublé au
point (quand il l'auroit sçû) de
ne s'en pas souvenir, mit si mal-
adroitement celle de la Princesse,
que pour le coup un cri lui échap-
pa. Ses femmes venant à sa voix,
le Prince fut contraint de se retirer.

On demanda à la Princesse ce
qui l'avoit obligée de crier ; le
moyen

moyen de le dire ? Les Princesses
font ce qu'elles veulent , elle ne
répondit rien , & l'on en crut
tout ce qu'on voulut. Elle jugea
à propos , cependant de prendre
des mesures contre les emporte-
mens de Tanzaï ; elle ordonna à
ses femmes en soupirant de ne la
plus laisser seule avec lui , quelque chose que la loi qu'il avoit
imposée en souffrît , & résolut
par vertu , de prendre contre
Tanzaï , toutes les précautions
que beaucoup d'autres femmes ,
après une semblable avanture ,
ne prennent contre leurs amants,
que par coquetterie.

CHA-

CHAPITRE IV.

Choix de Tanzaï : Préfent de l'Ecumoire.

CEux qui ne connoiffent que la nature , & fes mouve-mens, croiront que fi le Prince fut fâché de fe retirer, la Prin-ceffe ne le fut pas moins de le voir fortir. Peut-être même pen-feront-ils qu'elle fe reprocha d'a-voir crié affez haut pour qu'on l'entendît de fon anti-chambre. Ceux qui, moins éclairés, ju-gent les femmes moins févére-ment, diront que fa vertu cou-roit trop de rifques dans cette occafion, pour qu'elle pût voir avec

avec chagrin le départ du Prince, & pour ne se pas reprocher
de n'avoir pas crié assez tôt. Tel
est le malheur des Héros dont
on transmet l'histoire à la posté-
rité. Le lecteur les juge bien
moins sur ce qu'ils ont pû faire
dans le cas où ils paroissent à ses
yeux, que sur ce qu'il pense qu'ils
auroient dû faire. Il se met de
sang froid à leur place, & dé-
pouillé des passions qui les ani-
moient, les absout ou les condamne, suivant le succès de leurs
entreprises, & n'examine point
si les circonstances leur permet-
toient le tems de délibérer, ou
si leurs mouvemens leur lais-
soient seulement celui d'entrevoir la réflexion. Entre les per-
sonnes qui lisent, il en est peu
qui discutent les faits avec jugement, & la plus grande partie
de

celles qui en font capables , s'en
acquitent fouvent avec injuftice.
On ne manquera donc pas ici de
raifonner, bien ou mal, fur Néadarné ; quoi qu'on en dife, qu'elle ait crié trop tôt, ou trop tard ,
il eft fûr qu'elle a crié , & que
bien des femmes en pareille occafion , s'en tiennent à la menace,
ou ne l'effectuent que plus tard ,
& plus bas , que la Princeffe.

Elle n'étoit pas encore bien
revenuë de la frayeur que la vivacité du Prince lui avoit caufée,
lorfqu'il revint lui annoncer qu'il
fortoit du Confeil , où il avoit
déclaré fon choix. Enfin , divine
Princeffe , lui dit-il , vous allez
être à moi ; mon amour eft trop
violent pour s'affujettir aux loix
qu'une prudence timide , & aujourd'hui hors de faifon , m'avoit
fait croire néceffaires. On ren-
voye

voye dès aujourd'hui les Princesses qui prétendoient à ma
main. J'abrége mes chagrins de
cette cruelle semaine qui devoit
me déterminer : je n'ai plus à
voir des objets que vous me ren-
dez odieux ; tout se prépare pour
mon bonheur, & rien désormais
ne peut plus le reculer, puisque
vous consentez à le faire. Ah!
Tanzaï, s'écria-t'elle, pourquoi
ne parlez-vous que de votre félicité? Oubliez-vous que vous faites la mienne? Le Roi, qui en ce
moment entra chez Néadarné, interrompit la conversation. Il venoit marquer à la Princesse, combien le choix que son fils avoit
fait d'elle, lui étoit agréable. Ils
réglérent entr'eux le jour des nôces du Prince, & on le fixa au
commencement de la semaine
suivante.

Le

Le Prince auroit bien voulu qu'il eut été moins éloigné, mais ce mariage devoit se faire avec tant de pompe, qu'il falloit attendre ce tems-là pour que tout fût prêt. Toutes ces mesures prises, on annonça au peuple que Tanzaï prenoit pour épouse Néadarné, fille du grand Roi de *Cocapuchullm.* Cette alliance lui fut d'autant plus agréable, que ce Roi étoit en effet très-puissant, que ses Etats touchoient à la Chéchianée, & que Néadarné en étant l'unique héritiere, ils s'unissoient après la mort de ce Prince, sous Tanzaï, dont les forces devenoient formidables. On donna de grandes louanges au Prince, & l'on attribua à sa profonde politique, ce qui n'étoit qu'un effet du hazard & de l'amour. Ce que le peuple avoit

pris

pris si bien, ne le fût pas de même par les Princesses : Leur chagrin fut excessif, & il n'y en eut pas une qui n'en eut pendant huit jours, la migraine & les yeux battus. Quelques Auteurs de ce tems-là, avancent même (ce qu'on peut cependant ne pas croire) que la douleur de ces Princesses, & leur amour pour Tanzaï, allérent si loin, qu'il n'y en eût pas une qui ne lui fît proposer sous main un accommodement. Epris comme il l'étoit de Néadarné, il y a peu d'apparence qu'il eut voulu y entendre; peut-être même ce fait n'est-il pas vrai ; ce qui est constant, c'est que sa sensibilité pour leur desespoir, ne lui fit pas changer de résolution.

Au milieu de tant de joye, des réflexions tristes sur les menaces

naces de Barbacela, se firent sentir à Tanzaï ; il considera que
sans la consulter, il avoit non-
seulement choisi , mais même
annoncé son mariage à tout le
monde, avant que de lui en faire
part. Il craignit qu'elle ne le pu-
nît , en cessant de le proteger ,
du peu d'égards qu'il avoit eus
pour elle. Il étoit occupé de ces
idées , lorsqu'on vint l'avertir
que la Fée étoit arrivée. Quoique cette nouvelle le troublât ,
il alla la trouver chez le Roi. Je
ne vous fais point de reproches
sur le choix que vous avez fait,
lui dit-elle , il est conforme à
mes intentions , mais je souhai-
terois que vous n'allassiez pas
plus loin , & que vous attendis-
siez auprès de Néadarné , que
vous puissiez la posseder sans risque. Le destin ne vous menace
d'éve-

d'évenemens fâcheux, qu'en cas que vous vous engagiez à l'hymen avant votre vingtiéme année accomplie, & vous pourriez . . . . . Je sçais, Être céleste, interrompit Tanzaï, ce que votre prudence & votre bonté vont me conseiller, mais je ne puis attendre.

Si je ne possede pas bien-tôt Néadarné, je meurs. Quelques affreux que puissent être les coups que le destin me réserve, ils me le feront moins que le plus léger retardement. Je ne puis d'ailleurs imaginer pourquoi le destin est fâché que je me marie avant vingt ans, & je ne sçaurois croire qu'un évenement qui lui importe aussi peu que celui-là, le détermine à me persécuter. Mon fils, répondit la Fée, ma science peut bien aller jusques à prévoir
les

les ordres du deſtin, mais la cauſe m'en eſt toujours inconnuë.
Vous devez cependant penſer
qu'il a ſes raiſons, & obéïr ſans
les chercher ; c'étoit ce que je
deſirois de vous, ſans l'eſpérer.
Vos malheurs ne ſont que trop
réels ; il eſt cependant encore
malgré votre mariage, un moyen
de les éviter, le voici.

La Fée, à ces mots, tira de
deſſous ſa robe, une écumoire
d'or de trois pieds de long, &
dont le manche rond étoit de
trois pouces de diametre. Le
manche étoit percé, & le trou
n'étoit que comme il le falloit
pour qu'une chaîne de pierreries
le traverſât. Quel eſt ce bijou ?
demanda le Prince. C'eſt, reprit
la Fée, ce que mon amitié vous
réſerve, & voici l'uſage que vous
en devez faire.

Le jour de vos nôces, vous trouverez auprès du Temple une petite Vieille, saisissez-vous-en, & quelque résistance qu'elle vous fasse, de quelque priere qu'elle use, enfoncez-lui, sans pitié, le manche de cette écumoire dans la bouche. Mais, Altesse Éthérée, dit le Prince, où trouverai-je une bouche à qui ce manche puisse convenir? Cette inquiétude n'est pas faite pour vous, reprit la Fée, aussi ne vous dis-je pas que la Vieille ne souffre pas à soutenir cette operation: ce n'est pas tout. Dans l'instant que vous aurez retiré le manche de la bouche de cette Vieille, vous irez de porter au Grand-Prêtre, à qui vous ferez la même chose. Le Grand - Prêtre! s'écria le Roi, il n'y consentira jamais! Avaler le manche d'une écu-

écumoire ! je ne sçais , reprit le
Prince , ce qu'il fera , mais à sa
place , aucune puissance ne m'y
forceroit. C'est cependant ce
qu'il faut tâcher qu'il fasse , dit
la Fée , non par la violence, mais
par la persuasion & les moyens
les plus doux que vous pourrez
employer. Elle seroit pourtant
plus sûre , reprit Tanzaï , que
tout ce que vous dites : Mais
supposons qu'il y consente , à
quoi cela me servira-t'il ? A détourner , répondit la Fée , les
malheurs qui vous ménacent. Et
supposons à présent qu'il n'y
consente pas ? reprit encore Tanzaï. En ce cas , dit la Fée , il faudroit ne pas achever votre mariage , ou vous soumettre à tout
ce qui doit vous arriver de funeste. Oh ! en ce cas-là aussi ,
reprit-il , le Grand-Prêtre avale-

ra

ra l'écumoire. Je vous ai dit,
répondit-elle, qu'il ne faut point
que ce foit par violence. Mais,
de bonne foi, dit Tanzaï, croyez-
vous qu'un homme à qui l'on
fera une pareille propofition,
puiffe l'accepter ? Ce manche eft
d'une groffeur fi monftrueufe,
qu'il n'y a point de bouche fi
énorme, où il ne trouvât encore
à fendre : Mais s'il m'eft défendu, ajouta-t'il, d'ufer de violence, j'y puis employer l'adreffe.
Soit, dit la Fée, mais fouvenez-
vous de ce que je vous recom-
mande ; tenez la chofe fecrete ;
attachez l'écumoire à votre boutonniere, & foyez fûr que c'eft
la feule chofe qui puiffe vous tirer d'embarras. Affûrément, reprit le Prince, fi le deftin me
prépare des maux rares, il faut
avouer qu'il m'ordonne des re-
medes

medes bien finguliers. Souve-
nez-vous encore , dit la Fée , s'il
vous arrive des chofes defagréa-
bles , de ne pas m'implorer , &
que je ne pourrai rien pour vous.
La Fée , en achevant ces paroles , difparut , & laiffa Céphaès
& Tanzaï , l'un dans l'étonnement de l'écumoire , & l'autre
dans la réfolution de s'en fervir ,
de quelque maniere que ce pût
être.

CHA-

CHAPITRE V.

Dépit de Roussa Blaffarda; sur quoi fondé : Quelle est la consolation qu'on lui promet, & qui.

LA nouvelle du mariage de Tanzaï, fut reçûë par les Princesses, en public, avec dédain, en secret, avec douleur. Quand ce coup n'auroit mortifié que leur vanité, il leur auroit toujours été cruel; l'amour qui s'en étoit mêlé, le rendoit insoutenable, & avoit laissé dans leur cœur, des mouvemens que le dépit n'effaçoit pas. Le séduisant Prince de la Chéchianée, venoit

venoit avec tous ses appas se re-
tracer à leur imagination. L'une
relisoit des vers qu'il avoit faits
pour elle, l'autre se rappelloit
une conversation qui n'avoit été
que galante, mais où elle trouvoit du sentiment ; celle-ci se
souvenoit d'un soupir, celle-là
d'un regard ; celle qui n'avoit à
se souvenir de rien, ne laissoit
pas de se souvenir de quelque
chose. Toutes en général s'é-
toient cru préférées, & toutes
mouroient de chagrin, tant d'a-
voir manqué Tanzaï pour époux,
que d'une autre injure plus ré-
cente encore, & sans doute bien
piquante pour elles, puisqu'elles
n'osoient pas s'en plaindre. Entre celles qui se distinguoient
par leur fureur, étoit l'altiere
Roussa Blaffarda, Souveraine de
l'Isle *Métiffao*.

C'étoit

C'étoit la moins belle & la plus fiere de ces Princesses ; elle avoit en préfomption, tout ce qui lui manquoit en agrémens : Un air dédaigneux répandu fur fon vifage, en rendoit les charmes inutiles. Elle fe croyoit de l'efprit, & quoiqu'en effet elle n'en manquât pas, il étoit fi dur & fi dénué de graces, qu'on ne pouvoit l'entendre parler fans être rebuté de la féchereffe de fes expreffions, & de la rudeffe de fes idées. Sa taille étoit auffi gauche que fon efprit ; elle ne faifoit pas un gefte qui ne déplût, pas une mine qui ne fût une grimace. Elle étoit, à la vérité, d'une blancheur éblouiffante, mais cette beauté étoit achetée par une couleur de cheveux qui n'étoit pas du goût de tout le monde. Auffi avoit-elle

un

un souverain mépris pour les brunes, & trouvoit-elle les blondes trop fades. Au reste, elle étoit cruelle, vindicative, scélerate & perfide. Telle que l'Histoire nous la donne, elle s'étoit flattée que Tanzaï l'aimoit ; on n'a jamais bien sçû sur quoi elle se l'étoit imaginée. Il y a apparence que sa vanité, plutôt que les soins du Prince, lui avoient fait naître cette idée ; mais elle s'y étoit si bien accoutumée, qu'elle regarda son amour pour Néadarné, comme une infidelité qu'il lui faisoit. Ce qui la desesperoit le plus, étoit d'avoir assez compté sur ses charmes, pour avoir refusé le secours d'une vieille Fée, sa nourrice & son conseil, qui étoit venuë à Chéchian avec elle, & qui lui avoit promis de fixer sur elle, les vœux

Tome I.   E   de

de Tanzaï. L'ambitieuse Princesse déchûë de ses espérances, fut enfin obligée d'avoir recours à elle.

Vous entendez, lui dit-elle en frémissant de rage, vous entendez les cris de joye de ce peuple, & je ne suis pas vengée ! Le perfide Tanzaï, & mon odieuse rivale triomphent ; ma douleur, sans doute, augmente leurs plaisirs. Ah ! verrez-vous avec tranquillité, une Fête qui tous deux nous deshonore ? Mon injure n'est-elle pas la vôtre ? Depuis quand nos interêts sont-ils séparés ? On m'outrage ! que dis-je ? On me porte un coup mortel, & mes yeux n'ont pas encore vû couler le sang de l'ingrat qui me trahit ? Ma rivale ne gémit pas encore dans l'horreur des supplices ! Toute la nature n'est pas

armée

armée pour ma vengeance !
Vous ! qui d'un feul mot, confondez les Élemens : Vous ! que
j'ai vûë, pour de moindres for-
faits, près de replonger le monde dans le cahos, parlez, qui
vous retient ? Ce pouvoir formi-
dable qui fait trembler toute la
terre, ceffe-t'il feulement pour
moi ? L'ingrat n'a pû m'aimer,
& il refpire ! Ah ma Mere ! vous
ne m'aimez plus. Ma douleur
vous auroit touchée ; animée de
la même fureur que moi, le perfide, ma rivale, ce peuple que
je hais, feroient vainement cher-
chés dans l'Univers. Ah ma Mere ! m'abandonnez-vous ? Que
votre douleur eft injufte, ma
fille ! répondit la Fée. Croyez-
vous, fi je le pouvois, que je ne
vous euffe pas vengée au-delà
même de vos defirs ? mais un

pouvoir plus fort que le mien
m'empêche d'attenter aux jours
du traître Tanzaï.

Barbacela devant qui tout
tremble , & qui me fait moi-
même obéïr , protege ce couple
odieux que votre haine voudroit
accabler : Invisible auprès d'eux,
elle les sauveroit de mes coups,
& rien ne pourroit me soustraire
à sa vengeance. Mais si je ne
puis rien contre leur vie , je puis
du moins empoisonner le bonheur dont ils croyent jouir , &
vous épargner le funeste spectacle de leurs plaisirs. Je vous aurois fait préférer à votre rivale ,
si vous l'aviez voulu ; mais puisque ce mal ne peut pas se réparer , soyez sûre que je les punirai
de vos peines , & que ne pouvant vous rendre heureuse , je
les rendrai du moins aussi à plain-
dre

dre que vous. Ce jour fatal de
leurs Nôces approche, vous ap-
prendrez bien-tôt quel fera le
genre de leurs peines. Rouffa, contente des affûrances que la Fée lui
donnoit de la venger, fentit fon
cœur cruel moins agité ; & réfoluë de diffimuler fon reffentiment, attendit avec impatience
une journée qui devenoit moins
affreufe pour elle, depuis qu'elle
fe flattoit d'y voir éclater fa vengeance.

E 3   CHA-

CHAPITRE VI.

Jour des Nôces : Toilette de Néadarné.

IL étoit enfin arrivé ce jour
marqué pour tant de joye, la
plus brillante Aurore venoit de
l'annoncer. Un Ciel pur, & ferain fembloit témoigner aux
Chéchianiens que leur Divinité
s'intereffoit aux plaifirs de leur
Prince. Le Singe confacré, augufte Protecteur du pays, avoit
fait trois fois la culebute fur fon
piédeftal. A la vérité, il l'avoit
faite du pied gauche, mais loin
de prendre garde à ce pronoftic,
tout fâcheux qu'il étoit par lui-
même,

même, on crut que c'étoit par inadvertance que le grand Singe, qui avoit toujours eu des bontés particulieres pour le Prince, avoit fait sa culebute de travers. Ce qui le faisoit penser aux Sacrificateurs le plus superstitieux, n'étoit pas sans fondement. Le Soleil paroissoit sans aucun nuage : Depuis huit jours, quoiqu'alors dans une saison orageuse, le Tonnerre ne s'étoit point fait entendre ; le mois dans lequel se faisoit cette alliance desirée, étoit le plus heureux de l'année, & le Roi se trouvoit parfaitement guéri de son rhumatisme ; ce qui, selon une vieille prédiction, ne devoit arriver que lorsque son Fils feroit un mariage fortuné.

Déja les grandes Vielles enchantoient le peuple par leur
har-

harmonie ; les ruës ornées de
feuillages, & de fleurs ; les habi-
tans vêtus d'habits superbes ; la
Milice sous les armes, commen-
çoient à donner aux Spectateurs
une idée pompeuse des Fêtes de
ce jour ; le Temple retentissoit
des vœux que les Sacrificateurs
y formoient pour leurs Souverains. Tout étoit prêt enfin, lorsque Tanzaï, transporté d'amour,
& de joye, alla éveiller la Princesse. Elle l'attendoit dans son
lit. Lorsqu'elle le vit arriver,
une modeste rougeur peignit son
visage ; elle voulut lui faire un
compliment, mais l'Amour faisant expirer sa voix sur ses lévres,
elle ne pût dire que : Ah Prince !
ah cher Prince ! Tanzaï aussi dé-
concerté qu'elle, ne pût lui rien
répondre. L'Étiquet des Rois de
Chéchianée, étoit, que le jour
de

de leurs Nôces , ils habilloient
feuls la Reine future : mais il
leur étoit en même tems défendu de la part du grand Singe , de
s'abandonner aux defirs que leur
pouvoit caufer les agrémens
qu'ils découvroient. La Princeffe
qu'on avoit inftruite des Coutu-
mes du pays , vit fans s'étonner ,
fes femmes fortir de fon appartement.

Tanzaï ne fût pas plutôt feul
avec elle , qu'il profita , malgré
la modeftie de la Princeffe , de la
commodité de l'Étiquet. Ce ne
fut pas fans peine qu'il obtint la
permiffion de tirer de fon lit ,
cette beauté dont il étoit idolâ-
tre. Elle difputa long-tems & en
perfonne bien née , les préten-
tions du Prince. Mais malgré les
précautions qu'elle avoit prifes
pour dérober à fon Amant , des
char-

charmes qu'elle devoit le soir
même lui abandonner , elle ne
put empêcher qu'il ne la vît dans
ce desordre où se met nécessaire-
ment quelqu'un qui se retourne
souvent dans son lit.

Quel objet pour Tanzaï ! &
que les ordres du Singe alloient
être mal exécutés , si la religieu-
se Néadarné n'eût arrêté ses em-
portemens !

Les gens qui ont aimé , assu-
rent que c'est un supplice beaucoup plus grand pour un homme
amoureux de voir des beautés
dont on ne lui permet pas l'usage , que de n'en pas voir du tout :
Si cela est vrai , le Prince se trouvoit dans une situation gênante.
Néadarné qui se souvenoit de ce
qu'avoit pensé causer sa jarretiere , éludoit l'Étiquet tant qu'elle
pouvoit , & ne se fut pas plutôt
ap-

apperçûë que les yeux de Tanzaï cherchoient autre chofe que
les fiens, qu'elle répara promptement, ce qu'une trop grande
précipitation à tout voiler, avoit
laiffé à découvert. Il feroit fâcheux pour elle, qu'on imaginât
qu'il y avoit de l'artifice de fa
part dans cette occurrence. Dans
ces tems-là, peut-être, on con-
noiffoit moins qu'aujourd'hui en
amour, l'art de faire naître des
defirs, qu'on ne veut pas fatisfaire; les femmes même ont bien
pû ne le mettre en pratique que
par néceffité, & les Amans d'autrefois pouvoient n'avoir pas befoin d'un manége qui manque
encore bien fouvent fur ceux d'à
préfent. Au refte, il eft prouvé
que Néadarné étoit affez vivement aimée du Prince pour n'a-
voir pas à fe fervir avec lui de
cette

coquetterie. Il pouſſa un cri affreux, lorſqu'il vit la cruelle modeſtie de Néadarné, lui enlever
d'un ſeul coup tant de plaiſirs.
Ah barbare ! s'écria-t'il. Hélas
Prince ! répondit-elle, & le Singe ? Si vous m'aimiez, reprit-il,
ne l'auriez-vous pas oublié ? Et
c'eſt parce que je vous aime, dit-
elle, que ſes menaces me ſont
toujours préſentes.

Tanzaï, en ſoupirant, la preſ-
ſa alors d'entrer au bain, mais
ils conteſterent encore ſur la façon dont elle devoit y être. L'opiniâtreté du Prince fut obligée de
céder à la vertu de Néadarné ; il
s'agiſſoit cependant d'une tunique de bain, que pendant long-
tems il n'avoit pas crû néceſſaire,
& qu'il voulut mettre lui-même, quand il fut convaincu de
ſa néceſſité. La Princeſſe y con-
ſentit,

sentit, persuadée, que cela se
pouvoit faire avec décence, &
en effet, il n'y a rien à craindre,
quand ce n'est pas un amant
qu'on charge de cette fonction.
Néadarné avoit crû en être quitte pour cette complaisance, mais
quand le Prince eut apporté la
tunique, une autre contestation
s'éleva encore. Il vouloit....
Que ne vouloit-il pas ! toutes
choses qui allarmoient la pudeur
de la Princesse, & ausquelles assurément elle n'auroit pas con-
senti, si elle avoit eu le tems de
disputer. Il put donc jouir de la
vûë de presque tous les charmes
de la Princesse, & ne pouvant,
ni se contenir tout-à-fait, ni
s'abandonner absolument à son
desordre, il se contenta de l'accabler de ces caresses, que l'a-
mour ne fait jamais avec plus
de

de fureur, que quand on ne lui permet pas d'aller plus loin. Après, il la mit dans le bain, mais lentement, & ne pouvant se lasser de l'admirer, & de la tenir. A peine y fut-elle, qu'il murmura de ce que l'eau qui l'environnoit, toute claire qu'elle étoit, ne l'étoit point assez. On ne sçauroit compter toutes les propositions qu'il lui fit ; tous les écarts où il tomba ; enfin jamais bain ne fut pris d'une façon moins tranquille. Elle en sortit pourtant mal baignée, mais convaincuë qu'elle étoit éperdument aimée. Le Prince enfin, après bien des peines, parvint à la mettre en état de sortir du Palais : Elle n'avoit jamais été coëffée plus irrégulierement que ce jour-là, mais c'étoit l'amour qui y avoit mis la main, & on sçait assez

aſſez que quand il ſe trouve à
une toilette, l'arrangement n'eſt
pas de ſon reſſort, ou qu'il n'eſt
pas bien violent, quand il n'eſt
pas bien mal adroit.

CHA-

CHAPITRE VII.

Suite du jour des Nôces, essai de l'Ecumoire : Colere, & refus de Saugrénutio.

LE bruit des trompettes, & des clairons, annonça au peuple qu'il alloit voir ses Maîtres. Néadarné conduite par le Prince, parut enfin. Ce qui venoit de se passer à cette toilette si pénible, lui avoit laissé une rougeur qui augmentoit sa beauté, & les desirs de Tanzaï. Le Roi monta avec eux dans le même char ; le Prince étoit ce jour-là magnifiquement vêtu, & sa superbe Écumoire passée en baudrier,

drier, attachée en haut par une chaîne de pierreries, & foutenuë par une agraffe de même efpece, relevoit infiniment fa bonne mine.

Néadarné, ainfi que tout le monde, avoit toujours été furprife du cas qu'il faifoit de cet inftrument, & perfonne n'en fçachant la proprieté, l'avoit attribué à ces fantaifies qui prennent quelquefois aux Princes, qu'ils ne fe foucient pas de juftifier, & dont on n'ofe leur demander compte. Il n'y avoit pas un Courtifan à qui cette Écumoire n'eut paru ridicule, & qui ne voulut cependant en avoir de pareilles ; & fans le Prince qui les défendit, bien-tôt on n'auroit vû que cela à la Cour. Néadarné réfoluë enfin de percer un myftere qui inquiétoit depuis

long-tems sa curiosité, crut avoir
trouvé le moment favorable
pour se satisfaire. Source de ma
joye, dit-elle au Prince, en le
regardant tendrement, ne me
direz-vous jamais ce que veut
dire cette Écumoire ? Princesse,
lui répondit-il gravement, c'est
ce qui doit décider du bonheur
de notre vie. Cette Écumoire !
reprit-elle, que peut-elle avoir
de commun avec nous ? Vous en
allez être instruite, répondit-il,
& vos yeux seront peut-être té-
moins des évenemens les plus
singuliers. En achevant ces paroles, ils arriverent au Temple.
Le Grand-Prêtre à la tête de tous
les Sacrificateurs, les y attendoit.
Cet homme, qu'il est important
de connoître, moins attaché au
culte de sa Divinité, qu'à ses interêts personnels, n'étoit parve-
nu

nu à la place qu'il occupoit, qu'à force d'intrigues, & de souples- ses. Peu estimé, mais craint, il se servoit souvent d'un pouvoir que la Religion rend absolu, pour combattre les volontés du Roi même. Il étoit encore jeune, & d'une figure agréable, qui lui avoit peut être plus servi à la Cour, que toutes ses cabales. Mauvais Théologien, mais sé- duisant auprès des femmes, rem- plissant mal les devoirs de son état pour vaquer trop bien à ceux qu'il s'imposoit avec elles ; il avoit, selon le bruit public, passé de l'appartement d'une Princesse au Pontificat de Ché- chian. Curieux dans ses habits jusqu'à la plus excessive propre- té, précieux dans ses discours, composé dans ses manieres, somptueux en équipages, déli-

F 2   cat

cat dans son luxe , aimant la table , asservi à toutes les passions, Courtisan adroit , Prêtre impérieux , bon Chansonnier , Conteur plaisant , on avoit de lui cent bonnes Épigrammes ; quant aux Homelies , il les laissoit à son Secretaire. Il étoit vain, aimoit à passer pour homme à bonnes fortunes , & se piquoit par-dessus tout , d'avoir la bouche, & les dents d'une beauté singuliere. Tel étoit le personnage qui attendoit le Prince. La premiere chose que fit Tanzaï en mettant pied à terre , fut de chercher s'il ne découvriroit pas la Vieille dont Barbacela lui avoit parlé.

Il l'apperçût enfin qui cachée derriere des gardes , faisoit son possible pour lui échaper ; il courut à elle : Quelle fut sa surprise , quand

quand il reconnut la nourrice de Rouſſa ! Il ne l'en retint pas moins, mais croyant qu'il falloit adoucir par un compliment, la violence qu'il alloit lui faire : C'eſt, avec un regret ſenſible, lui dit-il, que je me vois forcé d'exécuter ſur vous les ordres qui m'ont été preſcrits. Vous m'obligeriez beaucoup, ma bonne, ſi vous vous prêtiez de bonne grace à ce que je vais exiger de vous. Et de quoi s'agit-il donc ? demanda la Vieille : Au fond, c'eſt une bagatelle, reprit le Prince : vous voyez le manche de cette Écumoire, il faut permettre que je vous l'enfonce dans la bouche. A moi ! barbare ! s'écria-t'elle. Point d'injures, reprit-il avec dignité, il le faut, & puiſque vous répondez ſi mal à mes bontez, nous allons voir. Qu'on la ſaiſiſſe, ajouta-t'il. Alors

Alors la Vieille entre les mains des Gardes, fut forcée de céder aux volontés du Prince. Quoiqu'avec la bouche qu'elle avoit, elle eut moins à craindre qu'une autre, le manche étoit d'une grosseur si prodigieuse, qu'elle ne put le regarder sans effroi. Tanzaï s'approcha, & malgré la colere de la Vieille, s'apprêta à lui faire subir ce nouveau genre de supplice. Quelque dextérité qu'il employât à cette opération, quelqu'énorme que fût la bouche à laquelle il avoit affaire, il ne pût si bien s'y prendre qu'il ne cassât à la Vielle, les deux seules dents qui lui fussent restées. La moitié des assistans rioit, l'autre plaignoit la victime, tous enfin ignoroient pourquoi le Prince se portoit à cette violence; le Grand-Prêtre, sur-tout,

étoit

étoit surpris qu'il se passât à la porte du Temple une chose qui luí paroiſſoit indécente ; il en murmuroit tout haut , mais il fut bien plus ſcandaliſé quand Tanzaï ayant retiré le Manche courut avec promptitude , le lui porter. Allons , lui dit-il , que votre Révérence ſe dépêche , tout dépend de ſa diligence. Quoi ? dit Saugrenutio. Je dis , repliqua le Prince, que votre Révérence doit avaler ce Manche.

Avaler ce Manche ! dit le Prêtre : Moi ? un Pontife ! vous n'avez pas eſperé , ſans doute , que j'accepterois cette propoſition : Je vous aſſure que ſi , reprit Tanzaï, & j'ai aſſez compté ſur vous, pour croire que vous ne deſobéïriez pas quand vous ſçauriez que mon bonheur eſt attaché à cette cérémonie ; j'attendois de vous
plus

plus de complaifance. Mais par-
bleu, Monfeigneur, reprit Saugrenutio, Votre Alteffe n'y fon-
ge pas ; outre l'honneur que je
crois intereffé à ne pas obéir, il
faudroit, & n'avoir point vû la
bouche d'où fort ce Manche, &
n'en avoir point à conferver pour
fe foumettre à ce que vous exi-
gez. D'ailleurs, fi malgré la lar-
geur de la bouche de cette vieille, le Manche n'a pû y entrer
fans lui caffer les dents, que ne
me feroit-il pas à moi qui les ai
toutes ? En un mot, je n'en ferai
rien. Vous le ferez, répondit le
Prince en colere, mon falut y
eft attaché, ajouta-t'il, en fe-
couant fa terrible Écumoire,
& je ne prétens pas que votre fotte répugnance me le coûte. Jour-de-Dieu ! s'écria Saugrenutio, fi Votre Alteffe m'approche,

proche , je lui perdrai le respect.

Tanzaï, pour punir ces inso-
lentes paroles , voulut lui donner du Manche sur les oreilles ,
mais Saugrenutio s'étant jetté au
milieu des Sacrificateurs , sem-
bloit l'attendre de pied ferme.
Le peuple toujours superstitieux,
prenoit parti pour le Prêtre ; la
Cour toujours flateuse , se ran-
geoit auprès du Prince ; tout annonçoit la guerre , lorsque Tanzaï adressant la parole au peuple,
lui raconta de point en point
l'origine de l'Écumoire , l'ordre
qu'il avoit reçû de Barbacela , de
l'employer sur le Grand-Prêtre ,
comme il l'avoit fait sur la Vieille , & le besoin où il se trouvoit
d'obéir pour éviter les malheurs
dont on l'avoit menacé.

Après que le Prince eût parlé,

Tome I. G Sau-

Saugrenutio demanda audience;
il dit, qu'il étoit sans exemple
qu'on eût forcé un Grand-Prêtre, un homme vénérable par
son état, à commettre une indé-
cence de cette nature : Que fide-
le aux devoirs de cet état même, il auroit obéï sans murmu-
rer, si ce Manche en avoit fait
une partie, ou qu'il eût seulement lû quelque part, qu'aucun
Grand-Prêtre, soit dedans, soit
dehors la Chéchianée, eût léché
le manche d'une Ecumoire, &
sur-tout dans la situation où il
s'étoit offert à ses yeux : Mais
que dis-je ? léché ! ajouta-t'il :
Plût au Ciel ! ô Chéchianiens !
qu'on ne voulût pas porter plus
loin la violence ; il s'agit du trai-
tement le plus cruel : Ce qu'il
en a coûté à cette Vieille, annonce ce qu'il m'en coûteroit,

les

les dents , & l'honneur : Ventrebleu ! Chéchianiens ! je jure
quand j'y penſe ! Le Prince aſſure que cela lui eſt néceſſaire, mais
faut-il qu'il achete ſon ſalut par
ma perte ? Non , Meſſieurs , je
n'y conſentirai jamais , & s'il
prétend m'en parler encore , dès
à-préſent je le charge de la malé-
diction du grand Singe , & je
n'acheve pas ſon Mariage.

A cette fatale menace, le Prin-
ce pâlit , Néadarné pleura , le
Roi frémit , le peuple s'étonna ,
Saugrenutio ſe calma.

Tanzaï preſſé par ſon amour ,
oublia les menaces de la Fée , ne
vit que l'horreur de n'être point
uni à ſa Princeſſe , & jura au
Grand-Prêtre qu'il n'attenteroit
rien contre lui. Saugrenutio alors
fit ouvrir le Temple ; & la joye
& la paix ſuccederent à la dou-
G 2 leur ,

leur, & au trouble qui venoient de les agiter. Néadarné qui mouroit de peur que son Mariage ne fût reculé, descendit de son Char, & Saugrenutio, rouge encore de colere, les conduisit devant le grand Singe en présence de qui Tanzaï, & la Princesse devoient former ces nœuds charmans qui les unissoient pour jamais l'un à l'autre.

CHA-

CHAPITRE VIII.

*Vengeance de Concombre ; Re-
tour au Palais ; ce qu'on
y apprend.*

LE Mariage alloit se célébrer,
lorsqu'on vint avertir le
Prince, que la Vieille qu'il venoit de maltraiter, demandoit en
grace, & comme un dédomma-
gement, d'entrer dans le Temple
pour y voir la cérémonie. Il le
permit avec d'autant plus de facilité qu'il vouloit lui faire ses
excuses sur ce qui s'étoit passé.

Saugrenutio après avoir dé-
votieusement encensé le Singe,
commença l'Hymne principal,

G 3 &

& fans y penfer, ouvrit fi fort la bouche, que Tanzaï, toujours occupé de fon objet, crut qu'il ne pourroit jamais trouver une plus belle occafion pour lui enfoncer l'Écumoire. Dans l'enthoufiafme où étoit le Grand-Prêtre, le Prince auroit fait réuffir fon projet, fi dans le moment qu'elle étoit prefque fur fes lévres, la Vieille n'avoit éternué avec tant de force, que Saugrenutio fortant de fon extafe, vit le mauvais tour que le Prince vouloit lui jouer; il penfa rompre l'Affemblée, mais croyant le Prince affez puni de voir fon deffein fans effet, il réfolut d'achever la cérémonie.

Il prononça donc tout haut & fans altération apparente, les paroles facrées. La Vieille pendant ce tems avoit proféré à
voix

voix baſſe quelques mots barbares, & Saugrenutio eut à peine
fini, que s'élançant légérement
en l'air, elle cracha au viſage du
Prince & de Néadarné. Souviens-toi, dit-elle à Tanzaï, de
ton Écumoire, & gémis à jamais de la vengeance de la Fée
Concombre. A ces mots, elle ſe
perdit aux yeux des Spectateurs ;
tous s'épouvanterent de ce pro-
dige ; Néadarné penſa s'en évanouir, mais le Prince ſoutint en
aſſez mauvais Phyſicien, que la
Vieille n'avoit diſparu que par
des ſecrets qui n'avoient rien
que de commun : Que quant à
ce qu'elle avoit dit de ſa vengeance, il n'y avoit pas à s'en
effrayer, puiſque, ni la Princeſſe, ni lui n'en portoient pas encore des marques.

On feignit d'être perſuadé,
G 4 mais

mais le Roi lui-même étoit conf-
terné, moins encore des menaces de Concombre, que de ce
que le grand Singe n'avoit cessé
de se mordre la queuë, & de se
gratter la fesse gauche pendant
tout le tems qu'on avoit été à
l'Autel.

On sortit du Temple ; le premier soin du Prince fut d'envoyer à l'appartement de Roussa,
pour sçavoir si la Vieille n'y seroit pas retournée. Il apprit que
d'abord qu'elle avoit disparu
dans le Temple, on l'avoit vûë
arriver chez Roussa dans un Char
traîné par deux Limaçons. Que
cet équipage, qui avoit fendu
les airs avec une rapidité surprenante, s'étant abbatu sur le loge-
ment de cette Princesse, la Vieille l'avoit enlevée, & qu'elles
avoient disparu toutes deux.

Cette

Cette fuite chagrina le Roi, qui s'étoit flatté de retenir la Magicienne jufqu'à ce qu'elle eût levé le fort qu'il fe doutoit qu'elle avoit jetté fur les deux époux. Il diffimula cependant ce qu'il en penfoit, craignant que de fi triftes conjectures n'achevaffent de troubler tout-à-fait les plaifirs d'une fête fi augufte.

Tanzaï, tout rempli de fon amour, partageoit peu les inquiétudes de fon pere ; il regardoit fans ceffe fa chere Néadarné avec ces tranfports preffans que donne l'impatience d'être heureux. La Princeffe dans un modefte filence, l'écoutoit avec diftraction, & paroiffoit s'occuper de chofes importantes. Mais, Princeffe, lui demanda-t-il enfin, quelles font les idées qui

vous

vous rendent si rêveuse ? Je ne
sçais, reprit-elle, si je devrois
vous les dire. Seroit-il vrai, repliqua-t'il, que, comme je le
crains, vous ne vous fuffiez donné à moi qu'avec répugnance ?
Ah ! s'écria-t'il, en lui baifant
tendrement la main, raffurez-
moi fur mes craintes. Dites-moi
que vous m'aimez toujours : Hélas ! quand vous ceffez de m'en
affurer, je ceffe de le croire. Dé-
couvrez-moi, du moins, ce qu'à
préfent vous penfez. Il feroit,
reprit-elle, difficile de vous en
inftruire. Je defire, ajouta-t'elle
en rougiffant, plus que je ne
penfe : Ma pudeur inquiete de
vos mouvemens, veut fe révol-
ter contre eux, & pour finir ce
combat, je voudrois que les
Dieux accourcîffent cette journée. Vous parlez, & j'admire ;
je

je vous regarde , & je foupire ;
vous me touchez , & mon cœur
fe trouble. Ce baifer que vous
venez d'imprimer fur ma main ,
a pénétré jufqu'à mon ame.
Quand la violence de vos defirs,
vous fait approcher votre bouche de la mienne , mon cœur
tout entier y vole, un doux fré-
miffement s'empare de mes fens,
& les confond. Ah Prince ! ah
feul délice de ma vie ! s'il eft,
(ce que je n'ofe croire) s'il eft
de plus grandes voluptés , comment les foutient-on fans mourir ? S'il en eft ! Reine de mon
ame ! s'écria-t'il , ne le devinez-
vous pas à vos defirs ? Ne le trouvez-vous pas dans les miens ? Il
eft difficile de fçavoir comment
cette converfation auroit fini ,
fi l'on n'étoit venu avertir que
le feftin étoit prêt. Tanzaï qui
auroit

auroit mieux aimé entendre fon-
ner minuit, que le dîner, s'y
rendit cependant avec quelque
forte d'efperance de convertir le
Grand-Prêtre.

Il devoit fe trouver au repas,
& quoique dans les conjonctures
préfentes, il fe crût mal à la
Cour, il penfa en habile Politique qu'il lui convenoit de diffimuler fes reffentimens. Le Prince qui avoit réfolu de le gagner
par la douceur, s'il étoit poffi-
ble, le rencontrant dans le Sa-
lon, lui demanda amicalement
fi par fon opiniâtreté, il vouloit
caufer le malheur de fa vie.
Prince, lui répondit Saugrenutio, je n'ai à vous dire que ce
que je vous ai dit : Outre l'indé-
cence dont cela feroit, le manche de cette Écumoire eft d'une
groffeur qui ne me permettra jamais

mais d'obéïr. Voilà donc, repartit le Prince, voilà les effets
de ce zele que vous vous vantiez
tant d'avoir pour moi ! Sujet
perfide !... Point d'injures, repartit le Prêtre, il n'en fera ni
plus, ni moins. Mon respect
pour vous est profond, mon attachement sincere, mes intentions pures, mais je n'ai pas juré
d'être la victime des unes, ni
des autres, & quand j'ai promis d'obéïr, il ne s'agissoit point
d'Écumoire. Vous obéïrez pourtant, traître que vous êtes, s'é-
cria Tanzaï enflammé de colere.
Vous obéïrez, ajouta-t'il, en le
faisissant par le bras. Corbieu !
Monseigneur, je n'en ferai rien,
s'écria Saugrenutio, & la violence fera ici aussi inutile que la
priere. Malgré les efforts de Saugrenutio, le Prince qui étoit vi-
gou-

goureux, lui avoit déja porté ce
manche fatal près de la bouche,
lorsque le Roi accourant au
bruit, remontra à son fils que la
Fée lui avoit défendu d'user de
violence, & que celle qu'il faisoit au Grand-Prêtre, le rendroit
odieux, sans qu'il en fût plus fortuné. Bien en prit à Saugrenutio
que le Roi fût venu ; le Prince le
laissa, & lui jura de n'y plus
penser. Saugrenutio rassuré, se
mit à table, bénit les plats, &
la joye commença à naître dans
tous les cœurs. Tanzaï, qui n'a-
voit point perdu son dessein de
vûë, sûr de l'exécuter si Saugrenutio vouloit boire au point,
ainsi qu'il lui arrivoit souvent,
de s'endormir à table, avoit soin
de lui faire verser plus de vin que
la moitié des conviés n'en auroit
pû prendre ; cette précaution lui
fut

fut inutile. Saugrenutio mangea, chanta, bût, parla, & ne s'ennivra pas. Le festin finit enfin ; le reste du jour s'écoula dans les plaisirs dont les Nôces des Princes font accompagnées : Qu'ils parurent ennuyeux à Tanzaï ! Combien de fois ne souhaita-t'il pas qu'ils finissent ! Que la Comedie, quoiqu'elle fût de lui, lui parut longue ! Que ce fut avec regret qu'il se vit contraint d'assister au souper ! Néadarné qu'il regardoit sans cesse, partageoit son impatience. Le Roi, étourdiment proposa à son fils d'aller au bal, mais Tanzaï que tout chagrinoit, prit la Princesse par la main, donna le bon-soir à Céphaès, & se retira dans son appartement.

TANZAÏ
ET
NÉADARNÉ.

LIVRE SECOND.

CHAPITRE IX.
Nuit des Nôces.

INGE lumineux ! Pere
de la Nature, œil vi-
vifiant du monde ! So-
leil ! retarde un peu
ton retour, & que s'il se peut en-

core, tes rayons divins éclairent
les plaifirs de notre Prince !
Après cette exclamation de l'Auteur Chéchianien, que j'ai peut-
être copiée mal-à-propos, il répete, ainfi que le Lecteur l'a pû
voir dans le précedent Chapitre,
que le Prince emmena Neadar-
né. Il la deshabilla, à ce que dit
l'Hiftoire, plus promptement
qu'il ne l'avoit habillée le matin.
La Princeffe interdite & confufe,
n'ofoit prefque le regarder. Les
tranfports de Tanzaï l'éton-
noient : Quelquefois elle vouloit les contraindre, mais le devoir s'oppofoit à fa réfiftance,
& l'amour plus fort & plus doux
encore, aidoit à fa facilité, &
nuifoit à fa pudeur. Tanzaï parvint enfin à la mettre fur la couche nuptiale. Bien-tôt il vola
auprès d'elle, il dévora des yeux
toutes

toutes les beautez que l'hymen
lui soumettoit : Ce qu'il voyoit,
il le baisoit ; ce qu'il avoit baisé,
il le revoyoit encore : Ses mains
inquiétes s'égaroient par - tout.
Néadarné sentit bien-tôt succe-
der à sa pudeur, un sentiment
inconnu qui remplit toute son
ame ; elle soupira, & cédant à
la douce émotion que Tanzaï
faisoit naître, le baiser le plus
tendre, déclara enfin ses transports. Déja les paroles les plus
flatteuses voloient, le bruit des
soupirs se répétoit dans la chambre, déja Tanzaï se croyoit au
comble de ses vœux, lorsqu'avec
les mêmes desirs, il ne se sentit
plus la même puissance. En vain,
étonné d'un accident si peu pré-
vû, il serra la Princesse dans ses
bras ; en vain, dans les plus tendres caresses, il chercha un re-

mede

mede à son malheur. Tout irritoit son ardeur, mais rien ne lui rendoit ce qui pouvoit la prouver à la Princeſſe : ſurpris & confus de l'état où il ſe trouvoit, il ſe retira d'auprès de Néadarné, comptant que cet anéantiſſement ſe diſſiperoit, & qu'elle aideroit elle-même à le détruire.

Mais , quel fut ſon étonnement , quand implorant le ſecours d'une main ſi chere , il vit que ce ſeroit inutilement qu'il voudroit l'employer ! Il ne s'offroit plus à ſes yeux, d'objet ſur qui puſſent tomber les bontés de ſa Princeſſe. Il connut enfin la grandeur de ſa perte, & moins elle étoit ordinaire, plus il la jugea irréparable. O Singe ! ô juſte Singe ! s'écria-t'il, ô ma Princeſſe ! ô jour à jamais exécrable ! ô abominable Prêtre ! Quel eſt

donc

donc ce defefpoir ? Dit la Princeffe : Qui le caufe ? N'y puis-je
prendre part ? Ah ! dit Tanzaï,
mon malheur ne vous regarde
que trop, je ferois trop heureux
qu'il n'intereffât que moi. C'eft
trop long-tems me le cacher, reprit-elle. Voyez donc, dit le
Prince, & jugez vous-même, fi
mes plaintes ne font pas fondées
fur le plus cruel des accidens. La
Princeffe alors le confiderant
avec attention, ne laiffa point,
quoiqu'elle ne fçut pas, à ce
qu'elle difoit, en quel état il devoit être, d'être fort furprife de
celui où elle le voyoit. O mon
Prince ! dit-elle en l'embraffant
tendrement. Épargnez-moi, lui
dit-il, des careffes qui redou-
blent mon infortune, ou plutôt,
ajouta-t'il, en la preffant dans
fes bras, venez ; vous feule pouvez

vez me rendre ma premiere forme : Ah ! si je ne la retrouve pas
avec vous , je suis perdu à jamais ! En achevant ces paroles ,
il la remit sur la couche nuptiale,
& sentant subsister ses desirs avec
la même violence , il ne concevoit pas comment ils ne lui ren-
doient rien de ce qu'il avoit perdu. Il découvroit dans cette agi-
tation , des appas qui le faisoient
soupirer de rage. Enfin , outré
de fureur & de lassitude , il prit
le parti de se recoucher auprès
d'elle , autant embarrassé de ce
qu'il seroit à l'avenir , que de ce
qu'il étoit actuellement.

CHA-

CHAPITRE X.

Suite de la nuit des Nôces: Tour
que jouë l'Ecumoire à Tanzaï.

ENfin, dit Néadarné au Prince, ne me découvrirez-vous
jamais la cause de tout ce que je
vois? Ne me direz-vous pas quel
eſt ce changement de forme qui
vous coûte tant de regrets? Au
nom de vous-même, cher Prince! contentez ma curioſité. Je
vais vous ſatisfaire, dit Tanzaï;
ſans le vouloir, vous ajoutez à
mes malheurs, & le deſeſpoir de
les eſſuyer avec vous, me les
rend encore moins ſuportables;
vous que j'adore! vous! l'objet
de

de mes plus tendres vœux, vous! enfin dont les attraits devoient me répondre d'un fort bien dif-férent de celui que j'éprouve au-jourd'hui.

Mais, lui dit Néadarné, ce malheur n'eft-il arrivé qu'à vous? Il eft arrivé, reprit-il, qu'en pa-reille occafion, d'autres que moi, ont éprouvé une langueur qui détruifoit leurs plaifirs, mais cet anéantiffement caufé d'ordinaire par trop d'amour, ne dure pas; il eft du moins fufceptible de fe-cours, il fe répare par l'amour même, & votre compaffion ne peut rien ici. Votre tendreffe, la mienne, tout m'eft inutile : Apprenez quelle eft mon infor-tune.

Alors, il lui raconta briéve-ment les menaces de Barbacela; le don de l'Écumoire, l'ufage qu'il

qu'il en devoit faire , & la fureur où il étoit contre Saugrenutio qu'il chargeoit de l'évenement de cette nuit.

Jamais, ajouta-t'il, je ne me
ferois douté qu'une journée auffi
glorieufe pour moi fût le commencement de mes malheurs ,
& fe terminât d'une façon fi
cruelle. Ce jour que je devois
croire le plus beau de ma vie,
eft le plus honteux pour moi,
depuis que je refpire. Sans me
vanter, (peut-être fe vantoit-il)
je fuis de tous les hommes, celui
qui devoit le moins s'attendre à
ce qui m'arrive aujourd'hui. Barbacela m'avoit doüé d'une façon
fi furprenante, que ce qui m'étonne le plus, eft que ce préfent devenu cher à mes yeux par la part
que vous alliez y prendre, ait dif-
paru fans que j'en aye rien fenti.

Tome I.   I   En

En achevant ces paroles, les pleurs recommencerent : Eh quoi ! lui dit Néadarné en l'embraſſant, penſez-vous que cet accident diminuë l'amour que j'ai pour vous ? Non Prince, s'il ne vous affligeoit pas tant, j'en bénirois le Ciel. Vos deſirs ſatisfaits, vous m'auriez peut-être moins aimée. Sans doute, c'eſt un moyen qu'il m'offre pour vous conſerver toujours : Il m'auroit été plus doux de ſatisfaire votre paſſion ; mais l'aurois-je pû ſans riſquer de la voir s'éteindre, & quoi de plus flatteur pour moi que de vous voir m'aimer toujours ! Eſt-il pour des cœurs délicats, une plus grande ſatisfaction ? Que ſont, ſans l'amour, ces plaiſirs que vous regrettez tant ? Non, cher Prince, il n'en eſt pas qui vaille celui que je

prens

prens à vous dire que je vous aime. D'ailleurs , qu'avons-nous
perdu ? Ces tranſports ſi tendres
que vous m'avez fait éprouver ,
que j'éprouve même encore auprès de vous, ne dépendent point
de ce que vous n'avez plus ?
N'ai-je pas toujours le plaiſir de
vous embraſſer ? Vous-même ,
ne me rendez-vous pas mes careſſes ? Ne vous exagerez-vous
pas votre perte ?

Ah Néadarné ! s'écria doulou-
reuſement le Prince , que vous
tiendriez un langage bien diffé-
rent , ſi vous connoiſſiez de ré-
putation ſeulement , ce dont je
déplore la perte ! Soit , reprit-
elle , je veux que vous en ſoyez
juſtement affligé , je veux tout y
perdre , mais notre union n'en
ſera pas alterée.

Je le crois , répondit-il , mais

pensez-vous qu'elle eût perdu de sa vivacité, si je fusse resté ce que j'étois? Prince, lui dit-elle encore, au milieu de cet embarras, les Dieux m'inspirent une pensée salutaire. La Fée, en vous donnant l'Écumoire, a sans doute eu ses raisons; un présent de cette nature seroit trop ridicule, si elle ne lui avoit pas attaché une vertu particuliere. Ce qui vous arrive, est l'effet de la colere de l'infernale Concombre. Je suis sûre que l'Écumoire, convenablement appliquée, détruiroit l'enchantement.

Puissent les Dieux! s'écria Tanzaï, vous payer de ce conseil. Que vous êtes heureuse d'avoir dans une si grande calamité, l'esprit aussi présent! Il courut alors avec empressement détacher l'Écumoire, & se frottant de

de toute fa force, il demanda à
la Princeffe, fi rien ne s'offroit à
fes regards. Dans l'inftant qu'elle lui répondoit non, le Prince
voulant continuer le frottement,
trouva l'Écumoire immobile ;
elle s'étoit incruftée dans fa peau,
& nuls efforts ne purent l'en ar-
racher. De forte qu'après des
douleurs exceffives, il fut contraint de la laiffer, fort embarraffé cependant de ce qu'il en
feroit, fuppofé qu'elle lui reftât.

Le jour vint enfin ; Néadarné,
accablée de fatigues fe laiffa aller
au fommeil, en exhortant le Prince à en faire autant. Ses avantures l'occupoient trop pour
qu'il pût profiter de ce confeil,
& il employa le refte de la nuit
à de vains efforts. Ce qui l'inquiétoit le plus, étoit la façon
dont il pourroit porter cette Écu-

moi-

moire, sans devenir la risée de
toute la Cour. Il tâcha de la
plier pour la porter plus décemment, mais toutes ses forces réunies, ne purent jamais la faire
pancher. Si à force, il l'appro-
choit de lui, elle lui couvroit
entierement le visage ; ce qui lui
étoit d'une incommodité insup-
portable. En se perdant dans ces
desagréables idées, il s'endormit. La douleur & l'accable-
ment lui procurerent un sommeil si long, que Néadarné
éveillée avant lui, eut tout le
tems de contempler le funeste
présent de Barbacela. Tanzaï,
après avoir essayé différentes
postures, s'étoit enfin couché sur
le dos, & peu s'en falloit que
dans cette situation, l'Écumoire ne touchât à l'imperiale. Abî-
mée dans les idées que cette vûë
lui

lui donnoit, elle doutoit en elle-
même fi ce que le Prince avoit
perdu, valoit, quoi qu'il en dît,
ce qu'il venoit d'acquerir.

I 4   CHA-

CHAPITRE XI.

*Evenemens peu interessans :
Conseil assemblé, à quoi
il sert.*

IL y avoit déja long-tems que
le Prince dormoit, lorsque le
Roi, inquiet du succès de cette
nuit, entra dans l'appartement,
suivi de son Capitaine des Gardes, & de la plus grande partie
de sa Cour. Il se mit à rire en
voyant l'état prodigieux où étoit
le Prince, & s'applaudissant du
nouveau mérite qu'il lui découvroit, il badina assez sottement
sur la nuit qu'avoit dû passer la
Princesse. Les Courtisans stupe-
faits

faits de l'énormité de la chofe , firent entr'eux des plaifanteries plus convenables fur ce que de-voit être Néadarné après une pareille épreuve. Tous enfin , ne pouvoient concevoir comment le Prince avoit pû cacher fi long-tems la majefté de ce qu'ils voyoient. Le Roi , revenu de fa premiere joye , ne trouvant pas naturel que fon fils fût dans cette fituation , alloit l'éveiller pour s'inftruire plus à fond de la cho-fe , lorfque Néadarné , malheu-reufement , dérangea le Pavil-lon , & fit voir , au grand éton-nement de tout le mode , l'Écu-moire jufques à fa racine. Singe cruel ! que vois-je ! s'écria Cé-phaès. Le Prince , réveillé à cet-te exclamation , fut defefperé d'avoir toute la Cour pour té-moin d'un accident qu'il auroit

voulu

voulu cacher à toute la terre,
mais se servant habilement de
son esprit dans une si fâcheuse
occasion, il dit à son pere que
depuis une heure, Néadarné ba-
dinant ave lui sur l'Écumoire,
l'avoit défié de la faire tenir en
équilibre où on la voyoit, que
sur le champ, il l'avoit convaincuë que la chose étoit possible,
& que s'étant après laissé aller
au sommeil, l'équilibre, sans
qu'il sçut comment, avoit sub-
sisté. Les Courtisans firent sem-
blant de donner dans cette raison, toute impertinente qu'elle
étoit, & chacun se retira pour
laisser à la Princesse le tems de
sortir du lit. Le Prince seul avec
son pere, lui découvrit tous les
maux qu'il avoit soufferts, &
finit par la peine où il étoit de
porter l'Écumoire sans que personne

fonne s'en apperçût. Céphaès ,
après avoir beaucoup rêvé , pro-
pofa vingt moyens plus inutiles
les uns que les autres, & convint
enfin , que le cas étoit embarraf-
fant. Tanzaï penfa que l'Écumoire pouvoit fe limer , mais ni
lime , ni tout ce qu'on put employer , ne l'entama. Le Roi ne
fçachant plus qu'imaginer , dit
qu'il alloit au Confeil , & laiffa
les deux époux enfemble.

Le Confeil affemblé , le Roi
lui expofa ce qui étoit arrivé au
Prince. Cette nouvelle ne furprit
perfonne. L'équilibre n'avoit pas
auffi bien pris , que le Prince l'a-
voit cru , & le peuple , pour le
coup , avoit réduit la chofe au
fimple ; non qu'il fçut abfolument ce dont il étoit queftion ,
mais un bruit fourd couroit dans
la Ville. On difoit que le Prince
avoit

avoit une Écumoire attachée où Néadarné avoit dû croire trouver moins, & mieux. D'autres, mais on ne se le disoit qu'à l'oreille, affirmoient que Tanzaï étoit totalement transformé en Écumoire, qu'on l'avoit vû se promener sur la terrasse de son appartement, & qu'un Officier du Palais, lui avoit long-tems parlé dans cet équipage.

Quelque impertinente que fût cette rumeur, elle avoit cependant pris force dans l'esprit du peuple, qui, sot pour le moins, autant que crédule, n'ajoute jamais plus de foi qu'à ce qui est le moins vraisemblable. Le Conseil après avoir instruit le Roi de tous ces bruits, donna ses idées sur l'accident de Tanzaï. L'un dit qu'il falloit inventer un habillement qui cachât cette difformité,

formité ; l'autre , qu'il falloit
plier l'Écumoire ; un troifiéme
dit , qu'il falloit la limer , &
l'avis de Saugrenutio fut , qu'il
falloit confulter le Singe. Eh
morbleu ! s'écria alors le Roi , je
fçavois tout cela par cœur ; tâ-
chez de me dire quelque chofe
que je n'aye point penfé. La pré-
voyance de Votre Majefté eft fi
grande que.... Maugrebleu du
Confeil , dit le Roi en colere , je
n'en ai vû de ma vie un fi butor.
Mais que faire dans cette extrê-
mité? Tout ce qu'il vous plaira ,
répondirent - ils. La colere du
Roi étoit montée au plus haut
point , lorfqu'un des Confeillers,
jadis habile Chirurgien , dit qu'il
enleveroit l'Ecumoire à la pointe
du cizeau. Qu'en faifant d'abord
une incifion autour , & creufant
par-delà le *fcrotum* , il étoit fûr de
fon

fon affaire ; que le Prince, à la vérité, pourroit n'en pas revenir, mais que cela feroit toujours une parfaitement belle operation. La premiere idée du Roi fut d'envoyer au fupplice cet impertinent, & il alloit prendre là-deffus l'avis du Conseil, qui l'auroit fait pendre par complaifance, lorfque Saugrenutio infiftant fortement fur le Singe, dit qu'il n'y avoit pas d'autre moyen pour remettre le Prince en état, que de le faire expliquer fur fa deftinée. Le Confeil ne fçachant que dire, opina comme lui, & fe fépara. Le Roi retourna auprès de fon fils, & Saugrenutio alla au Temple, préparer fon Singe à rendre l'Oracle.

CHA-

CHAPITRE XII.

Oracle du Singe ; Départ du Prince.

LEs malheurs du Prince ven-
geoient trop bien Saugrenutio pour qu'il y prît une part
bien fincere. Maître de dicter les
Oracles que le Singe rendoit ,
ou de les interprêter du moins à
fa fantaifie, il réfolut de fe fervir
de l'occafion qui lui étoit offerte. Cette réfolution n'étoit rien
moins que charitable ; mais Saugrenutio étoit offenfé à la face de
tout un peuple ; on lui avoit fait
un affront cruel, & pour en tirer
vengeance avec moins de re-
mords

mords, il avoit mis le Singe de
moitié de l'insulte qui lui avoit
été faite. Ce n'étoit plus lui qui
poursuivoit le Prince, c'étoit la
divinité même qui devoit s'armer : cette Divinité, qui tranquille & respectée dans son Temple, s'inquiétoit peu, dans le
fond, des chagrins qu'on faisoit
essuyer à son Prêtre. Saugrenutio étoit déja entré dans le Sanc-
tuaire, fort embarrassé de la
tournure qu'il donneroit à l'Oracle, lorsque la Fée Concombre
lui apparut. Je partage, lui dit-
elle, ton ressentiment : nous
avons tous deux la même injure
à venger, sors d'inquiétude, je
dicterai moi-même l'Oracle. Sois
sûr de ma protection, je te ven-
gerai, te dis-je. Saugrenutio
étoit trop dévot pour ne pas remercier affectueusement Concombre,

combre , & il étoit encore occupé à la complimenter fur fon
bon cœur , lorfque le Roi entra.
Il fe mit alors à encenfer le Singe , & quand il lui demanda
tout haut , ce que le Prince devoit faire , Concomdre , invifi-
ble à tous les yeux , prononça
très-intelligiblement , par l'orga-
ne du Singe , ces paroles :

Qu'il aille : Qu'il parcoure : Qu'il
couche : Qu'il revienne.

Le Roi , fit de vains efforts
pour dévoiler cette énigme , &
moins inftruit qu'auparavant ,
courut la porter au Prince , qui ,
toujours occupé de fon défen-
chantement , fatiguoit en vain
Néadarné. Que veut dire cet
Oracle ? dit Tanzaï , après l'a-
voir entendu. Je ne l'entends
que trop ! S'écria la tendre Néadarné : Plût aux Dieux , cruels !

Tome I.   K   qu'il

qu'il fût aussi obscur pour moi, que pour vous! Et de quoi vous allarmez-vous? Princesse, reprit Tanzaï. D'abord, dit-elle, l'Oracle veut que vous me quittiez, & ce n'est pas le seul malheur que ma tendresse me fasse craindre. Vous devez coucher en chemin.... Ah! dans l'état où je suis, s'écria le Prince, devez-vous avoir cette inquiétude? Vous pleurez, lorsque le destin m'offre un moyen de terminer nos malheurs, vous craignez que je ne vous manque de foi? Ah! pensez-vous quand on me destineroit la Déesse même de la beauté, que je pusse vous oublier? Que ce fût l'amour qui me conduisît dans ses bras, que votre image ne m'y fût pas toujours présente? Que sans cette charmante idée, je pusse venir à bout

bout de ma guérifon ? Néadarné pleuroit, & ne répondoit rien. Le Prince, quoique touché de fes pleurs, donna fes ordres pour fon départ, & après les plus tendres embraffemens, des affurances d'une fidelité entiere, & du retour le plus prompt, il fortit du Palais feul, & à cheval, non fans avoir été fort embarraffé de fon Écumoire, qu'il parvint enfin à mettre entre les oreilles de fon Courfier. Il pria encore fon pere, avant que de partir, de faire affembler les États, & les Sacrificateurs, pour condamner Saugrenutio à l'Écumoire en cas qu'il en fût débarraffé.

K 2   CHA-

CHAPITRE XIII.

Avanture miraculeuse de la Fée au Chaudron.

LE Prince avoit déja parcouru
trois ou quatre Royaumes,
fort inquiet du tems & du lieu
où se termineroit sa course, lorsque passant dans une Forêt fort
sombre, il vit une bonne femme
occupée à faire bouillir dans un
chaudron, des herbes qui jet-
toient une écume extrêmément
épaisse, & qui l'incommodoit
d'autant plus, qu'elle n'avoit
rien pour la chasser. Le Prince
fut touché de la peine qu'elle se
donnoit : Vous me paroissez,
lui

lui dit-il , vous fatiguer beaucoup. Seigneur , répondit-elle ,
je ne fuis embarraffée , que parce
que je n'ai point d'Écumoire.
Nous ne nous reffemblons pas
dans nos peines , reprit-il , car fi
je fuis embarraffé , c'eft parce
que j'en ai une. Ah généreux inconnu ! s'écria la Vieille , voudriez-vous me la livrer ? Il n'y a
rien que je n'en donnâffe. Je ne
ferois pas fâché , repartit le Prince , de vous rendre ce fervice ,
mais elle me tient de façon que
je doute que je puffe m'en dé-
faire : Cependant je puis écumer
cette chaudiere , puifqu'il vous
importe fi fort qu'elle le foit. Il
defcendit alors de fon cheval ,
après avoir prié la bonne femme
de s'écarter , foit qu'il ne voulût
pas lui montrer où tenoit l'Écumoire , foit qu'il fût naturellement modefte. La

La Vieille s'écarta donc, & le Prince se mit à écumer de toutes ses forces, en conduisant l'instrument avec ses mains, mais à peine l'eut-il fait une minute, que l'Écumoire se détacha. Tanzaï, à cette vûë, poussa un cri de surprise & de joye, & la Vieille s'étant rapprochée, il alloit lui conter son Histoire, lorsque l'interrompant : Prince, lui dit-elle, je vous connois ; je sçavois que vous deviez passer en ces lieux, & que nous nous y rendrions un service réciproque. Je suis une Fée, & pour donner à ces herbes, la vertu qui leur est nécessaire, j'avois besoin de l'Écumoire enchantée dont Barbacela vous a fait présent. Je ne vous ai pas été inutile : j'espere vous aider encore ; vous allez dans l'Isle des Cousins. Vous me tirez

tirez d'une grande peine ; je vous
avouerai que je marchois fans
fçavoir où j'allois : Et comment
arriverai-je dans cette Ifle ? Il
m'eft défendu de vous en inftruire, reprit-elle. Autre embarras,
répondit-il ; penfez-vous que je
fiffe mal de m'en retourner ?
Franchement , tout ceci commence à m'ennuyer. Ne pourriez-vous pas du moins me dire
ce que j'y vais faire ? L'Oracle
du Singe ne vous en inftruit-il
pas affez ? Vous allez en bonne
fortune. En bonne fortune ! dans
l'Ifle des Coufins ! s'écria-t'il, &
dites-moi, s'il vous plaît, quelle
eft la beauté qui y habite ? Sans
vous en inquiéter plus, fongez,
dit-elle en riant, à ne pas manquer de courage. Vous me donnez, répondit-il, mauvaife opinion de ma conquête, & toute
femme

femme avec qui l'on a besoin de courage, n'est pas celle qui l'excite le plus. Mais, quels sont donc ces importans services que vous me rendrez? Vous m'avez, à la vérité, débarrassé de mon Écumoire, mais je n'en suis pas pour cela plus avancé. Que voulez-vous qu'on fasse de moi dans l'état où je suis? Pour peu que vous prissiez interêt à la Dame qui me fait voyager depuis si long-tems, vous devriez bien me mettre en état de paroître décemment devant elle. Cela m'est impossible, repartit la Fée; la Dame qui vous aime, a seule le pouvoir de vous rendre ce qui vous manque; cependant comme la timidité pourroit nuire à votre guérison, & qu'il est important qu'elle n'ait rien à vous reprocher, je vais vous donner

un

un flacon de cette eau ; vous verrez que c'eſt avec raiſon que
nous l'appellons l'eau de Santé.
Avant que de vous mettre au lit,
la nuit de votre deſenchante-
ment, ne manquez pas de boire
tout ce que je vais vous en donner. En ce cas, reprit le Prince,
vous pourriez étendre plus loin
votre généroſité ; ce n'eſt pas
que je croye avoir ordinairement
grand beſoin de cette eau de
Santé, mais en cas que cela ar-
rivât, je ne ſerois pas fâché d'en
avoir une plus ample proviſion.
Je vous entends, & vous exau-
ce, reprit la Fée : à votre retour
à Chéchian, vous en trouverez
trente bouteilles dans votre cabinet. Adieu. Le premier Cou-
ſin ſellé & bridé qui s'offrira à
vos regards, vous conduira où
vous devez aller.

ſe *I.*   L   Alors

Alors elle disparut, & le Prince, après avoir serré son flacon & rataché son Écumoire, remonta sur son Courser, moins occupé de sa guérison prochaine, que de la façon dont elle lui seroit procurée.

CHAPITRE XIV.

*Arrivée du Prince dans l'Isle
des Cousins.*

A Peine Tanzaï avoit-il fait
quelques lieuës, qu'il ren-
contra le Cousin qui devoit le
voiturer ; il étoit trois fois gros
comme son cheval, & il pensa
mourir de peur à l'aspect de
cette énorme bête ; cependant
il se remit, & descendant promptement, il s'abandonna avec
toute l'intrépidité d'un Héros,
à la bonne foi de l'animal,
qui ne le sentit pas plutôt sur
lui, qu'il l'emporta dans les
airs. La nuit vint que le Prince
n'étoit pas encore au bout de

L 2 son

fon voyage : Il commençoit à croire qu'il ne finiroit pas, lorf-que le Coufin s'abbatit dans une Ifle où l'on entendoit un bour-donnement à en devenir fourd. Il ne douta pas qu'il ne fût dans l'Ifle des Coufins, & l'inquié-tude de ce qu'il alloit y faire le tourmentant, il fe laiffa mener par fon Conducteur jufques à un Palais fuperbe.

Beaucoup de Coufins riche-mens vêtus vinrent le recevoir à la porte ; beaucoup d'autres jouoient de toutes fortes d'inftru-mens. On fçait que les Coufins ont naturellement la voix har-monieufe : Ceux d'entr'eux qui fçavoient la mufique, fe mirent à chanter les louanges du Prince, & formerent le plus fingulier concert qu'on puiffe jamais en-tendre. Tanzaï, déja raffuré par

cette

cette obligeante réception , fut
conduit dans des appartemens
superbes , où des Choüetes mifes
très - galamment , vinrent lui
faire la révérence. Une d'elles ,
après les premieres cérémonies ,
lui demanda avec une voix tou-
chante , s'il ne vouloit pas entrer
au bain ? Étourdi de la nouveauté de l'avanture , il fit figne de
la tête qu'il le vouloit bien. Les
Choüetes s'avancerent alors pour
le deshabiller. Mefdames , leur
dit-il , il me paroît peu féant
que vous veuillez prendre ce
foin.

Nous ne le prendrions pas
avec un autre , fans doute , reprit la Cameriere , mais nous fça-
vons que vous ne pouvez pas al-
larmer notre pudeur. Tanzaï
rougit à ces paroles , & n'ayant
rien de bon à y répondre , fe mit

au bain, se cachant avec plus de
soin qu'il n'en auroit peut-être
apporté, s'il eut eû de quoi en
prendre. Voilà, Seigneur, lui
dit la railleuse Chouëte, une bien
louable modestie, mais elle ne
me surprend pas de vous : De
tous les hommes, vous êtes assurément le plus rare. Assurément
aussi, dit Tanzaï en colere, cette
rareté que vous me vantez tant,
cesseroit moins pour vous, que
pour qui que ce pût être. Prince, repliqua-t'elle, cette réponse est peu polie.

Eh corbieu ! dit-il, depuis
deux heures, vous me tenez de
mauvais discours. Écoutez, n'a-
joutez rien à ma mauvaise hu-
meur, je ne suis point accoutu-
mé à respecter des Hiboux. La
Chouëte enfin craignant d'aigrir
trop le Prince, se tût, & Tanzaï
fortit

fortit du bain, parfumé comme
un homme que l'on réferve aux
plus douces avantures. A préfent, dit-il, à la Choüete, contentez, de grace, ma curiofité.
A qui dois-je ici des foins? A qui
appartient ce Palais? Que veulent dire ces fingularités? Des
Choüetes parlantes, des Coufins
armés, que me veut-on? Qui
êtes-vous? Pourquoi vous-même, êtes-vous fi extraordinaire-
ment parée? Suis-je, répondit
l'Oifeau, la premiere Choüete
que vous ayez vûë avec des ajuftemens? Mais fans vous inquiéter de tout ceci, formez-vous
les plus douces idées, & par une
réception aufli brillante, jugez
de ce qu'on veut faire pour vous.
Croyez que les agrémens de celle
qui vous aime, vont de pair
avec fa puiffance: Imaginez ce

L 4   que

que les Cieux ont formé de plus beau, & vous ferez loin encore des appas qu'on veut bien vous foumettre.

Je ne vous dis rien de plus, vous jugerez du refte par vos yeux ; la beauté qui vous eft deftinée, paroîtra cette nuit à vos regards ; elle feule, peut vous remettre dans un état qui vous étoit bien cher apparemment, puifque vous fupportez avec tant d'impatience qu'on badine avec vous fur fa perte. Tanzaï, à qui les difcours de la Fée au Chaudron, n'avoient pas promis un bonheur fi parfait, fentit fes inquiétudes s'adoucir par les plaifirs que lui annonçoit la Choüete. Il crût enfin qu'une divinité brillante lui accordoit l'honneur de fa couche ; que ce cas n'étoit pas étrange, & qu'une Déeffe s'abaiffoit s'abaissoit moins en descendant jusques à un Prince, que quantité de femmes titrées, à qui l'amour & l'extravagance, font faire, tous les jours, des pas plus choquants. Cette nuit qu'il alloit passer, lui paroissoit si charmante, qu'il en oublioit presque celle où la tendre Néadarné lui prodigant tous ses charmes, l'avoit trouvé si incapable d'en profiter. Il se flattoit même que sa Princesse, qui étoit ce que les Dieux avoient formé de plus parfait, n'approcheroit pas des beautés qui alloient se trouver en proye à ses desirs : son amour pour elle en diminua, & s'il se sentit quelques transports, ils furent tous pour la Déesse. Aveuglement ordinaire des Amans, qui sacrifient souvent à l'idée qu'ils se forment d'une conquête nouvelle,

nouvelle, la maîtresse dont ils connoissent le plus le cœur & les charmes!

La Choüete voyant rêver Tanzaï : Prince, lui dit-elle, je conçois toutes les réfléxions qu'une avanture aussi flateuse vous fait naître, mais prenez un air plus guai, votre maîtresse hait mortellement les gens taciturnes, & je sçais plus de mille Amans qui par ce défaut ont perdu ses bonnes graces. Mille Amans! s'écria Tanzaï, c'est une façon de parler. Non assurément, reprit la Choüete, je n'exagere pas. Deux mille vous ont precedé, deux mille & plus, vous suivront, & ce grand nombre d'Adorateurs doit vous prouver l'excès des charmes de la Déesse. Et sa bonté, ajouta-t'il. A ce que je vois, reprit la Choüete, vous

vous aimez les conquêtes neuves; je vous conseille cependant
de n'être pas si délicat dans le
monde , vous courriez risque
d'y demeurer oisif. Contentez-
vous cependant de la nuit qu'on
veut bien vous donner , & du
soin qu'on prend pour quelqu'un
qui , puisqu'il faut parler franchement, pourroit bien ne le pas
justifier. Je vous ai déja dit, Ma-
demoiselle , que votre air d'aigreur , & vos mauvaises plaisan-
teries me déplaisoient; finissez ,
ou je vous quitte. Il y a apparence que la Choüete , qui faisoit la précieuse & le bel esprit ,
ne s'en seroit pas tenuë-là , si le
Cousin , Maître d'hôtel , ne fût
venu annoncer qu'on avoit servi.
Le Prince se mit seul à table : On
imaginera facilement le goût &
la magnificence du repas , l'a-
mour

mour l'avoit ordonné. Tanzaï,
qui n'avoit jamais appliqué fa
morale à corriger fa gourmandi-
fe, mangea beaucoup, caufant
de tems en tems avec la Choüete, quoique dans le fond, elle
lui déplût. Le feftin finit enfin,
& le Prince le termina par fon
eau de Santé. La Choüete fe mit
à rire defagréablement. Prince,
lui dit-elle, vous avez befoin de
précaution, & cette liqueur eft,
fans doute, un préfervatif contre vos accidens ordinaires :
Quoi qu'il en foit, reprit-il,
& quelle que fût fa vertu, elle
échoueroit, fans doute, contre
une phyfionomie comme la vôtre. Elle peut n'être pas belle,
reprit la Choüete, mais vous
aurez peut-être en votre vie,
des occafions où vous fouhaite-
rez d'en trouver une pareille.
Vous

Vous ne vous êtes pas bien vûë,
répondit Tanzaï, ou vous avez
un ridicule amour propre.

CHA-

CHAPITRE XV.

Comme quoi l'on se trompe à ce
qu'on imagine.

ON vint en cet instant dire
au Prince que sa Déïté seroit bien-tôt visible. Son cœur
s'émut à cette nouvelle, la curiosité, un sentiment encore plus
vif, le troublèrent, & il se laissa
deshabiller par les Choüetes,
sans proférer une seule parole.
Quand elles l'eurent mis en rob-
be de chambre, elles le condui-
sirent dans un appartement superbe, où les parfums qui brû-
loient dans des cassolettes d'or,
embaumoient l'air, & faisoient
respirer

respirer les odeurs les plus volup-
tueuses. Plein d'inquiétude &
de desirs, après avoir traversé
cinq ou six grandes pieces, il
parvint enfin dans la chambre
où la Déesse étoit couchée. Un
lit brodé des pierres les plus pré-
cieuses, soutenu par des colon-
nes de rubis, renfermoit cet objet miraculeux. Le Prince, quoiqu'ébloui, & arrêté d'abord par
un spectacle si brillant, ne laissa
pas de chercher des yeux ce chef-
d'œuvre si vanté ; il voyoit de
loin quelque chose qui se re-
muoit dans le lit, mais c'étoit
une figure si informe, qu'il ne
douta pas que ce qu'il voyoit,
ne fût la Guenon de la Divinité.
Il approcha, & la Chouete se
retira, après lui avoir donné le
bon-soir. Tanzaï consumé de
desirs, mais retenu par sa timidité,

dité , restoit à la place où la
Choüete l'avoit laissé. Venez,
Prince , lui dit-on , & ne perdez
aucun de ces momens précieux
que l'amour vous donne : il
obéit , & se jetta avec précipitation dans le lit.

Quand il y fut, on se retourna , & sa surprise ne fut pas petite , quand à travers le blanc , le
rouge , les rubans & les dentelles , il reconnut la Fée Concombre. C'étoit elle , en effet , qui
pour le recevoir plus décemment , avoit orné ses oreilles de
choüete , des plus belles pierreries. Sa tête pelée étoit couverte
d'un tour blond maronné , garni
par tout , de fleurs & d'aigrettes,
& quoiqu'elle fût coëffée en arriere , elle avoit mis par-dessus
cette parure , pour se donner un
air plus touchant , une petite
coëffe

coëffe blanche mouchetée de couleur de rofe, avec un defef- poir de même couleur, galam- ment noué fous le menton. Au milieu de ce paquet ridicule, étoit une forte de vifage où l'on diftinguoit des yeux éraillés, rouges & éperonnés. Un nez d'une grandeur énorme, & cou- vert de verruës, alloit fe perdre tendrement dans une bouche lâ- che & enfoncée, qui laiffoit pendre des lévres violettes, & préfentoit aux yeux une mâchoi- re dégarnie, qui, par laps de tems, avoit même perdu fon co- loris naturel. Ses jouës pendan- tes repofôient mollement fur fon oreiller; une quantité innombra- ble de mouches & d'affaffins de différentes efpeces, couvroit une peau noire & tachetée, dont les rides & la lividité perçôient au

Tome I.   M   tra-

travers de la pommade huileufe qui les déguifoit. Un efclavage de diamans & de perles à gros glands, lui defcendoit fur la gorge. Ses tetons affez dociles pour pendre au moins d'un pied & demi, fortoient d'un corfet garni de dentelles frifées, & étoient noués en trois endroits avec de la nompareille couleur de rofe.

Tanzaï, interdit à cet afpect, auroit fui, fi la frayeur qu'il lui infpiroit, lui en avoit laiffé la force : Il étoit d'ailleurs étouffé par une puanteur infupportable, qui malgré les parfums dont la Fée s'étoit fait oindre, rempliffoit-toute la chambre : Ciel ! difoit-il, en lui-même, voilà donc l'objet qu'on me deftine? ô Néadarné ! c'eft donc ce que la nature a formé de plus hideux qui vous a balancée, que dis-je, qui

vous

vous a anéantie dans mon cœur !
Juſte Singe ! quelle bonne fortune ?

Si le Prince avoit voyagé, il
auroit ſçu que celles dont nos
Petits-Maîtres ſont ſi fiers, reſ-
ſemblent ſouvent à la ſienne. Il
n'étoit revenu, ni de ſon dégoût,
ni de ſa terreur, lorſqu'une voix
rauque & caſſée ſortant de cet
effroyable ſquelette, lui adreſſa
ces douces paroles : Vous voyez,
Prince, ce que je fais pour vous,
& quel eſt l'excès de ma bonté.
Vous n'auriez pas dû croire après
l'affront ſanglant que vous m'a-
vez fait, après la vengeance dont
il a été ſuivi, que mes reſſenti-
mens ſe terminaſſent à vous ad-
mettre dans mon lit.

La même main qui a cauſé
vos larmes, ſe préſente pour les
eſſuyer ; vous vous ſeriez expoſé

aux

aux dangers les plus affreux pour
redevenir ce que vous étiez, &
c'eft dans le fein des plaifirs que
vous allez reprendre votre premiere forme. Je ne fçais fi trop
d'amour propre m'abufe, &
m'exagere votre bonheur ; fi les
tranfports de tous les mortels
qui m'ont vûë, ne me font pas
trop préfumer de mes charmes,
mais je dois croire qu'il n'y a pas
de Prince au monde qui ne fou-
haitât, qui ne voulût même
payer de fa vie, le fort que je
vais vous faire. Je ne vous preffe
point de mériter mes faveurs, je
lis dans vos yeux la plus vive
impatience, j'y découvre avec
la joye la plus fenfible, que vous
ne pouvez plus fupporter la violence de vos defirs. Abandon-
nez-vous-y, cher Prince, les
miens vous répondent de votre
féli-

félicité. Venez , ma pudeur ne
peut foutenir plus long-tems ce
fpectacle , hâtez-vous de la con-
fondre. Ah ! dans des momens fi
doux , l'empire de la vertu devroit-il encore fe faire fentir? Pré-
cipitez les reproches de la mienne , c'eft entre vos bras que je
veux qu'elle acheve d'expirer !

Tanzaï demeuré immobile ,
n'entendit pas la moitié de ce
que Concombre venoit de lui
dire , & il feroit , fans doute ,
refté abîmé dans cette léthargie ,
s'il ne fe fût fenti fur la main ,
une griffe crochuë que la Fée lui
tendoit. Son premier mouvement fut de l'étrangler , mais
confidérant que le pouvoir de
Concombre la fauveroit de fon
reffentiment , & que le moins
qu'il pourroit lui en arriver , feroit d'être pour toujours dans
l'état

l'état où il étoit, il abandonna
cette idée, quelque féduifante
qu'elle fût. Il ne fçavoit enfin à
quoi fe déterminer, lorfque la
Fée lui enfonçant tendrement fes
ongles dans la peau : Quoi! Prince, lui dit-elle, vous êtes interdit ? Je pardonne à l'amour,
l'anéantiffement où je vous vois,
mais il auroit déja dû céder à
l'impetuofité de vos feux, & à
ma tendreffe. C'eft donc à moi
à tout faire, petit ingrat, ajouta-t'elle, & fi les charmes que je
t'ai laiffé voir, ne font pas affez
puiffants pour te rendre à toi-
même, effayons fi ce qui m'en
refte, peut te rappeller à la vie.
Alors, jettant avec fureur le peu
de drap qui receloit fes beautés,
encore non apperçues, & rou-
lant les yeux avec violence, vois,
barbare, dit-elle, en foupirant,

vois

vois tout ce que mon amour t'abandonne. Miséricorde ! s'écria le Prince, ah grands Dieux ! où suis-je ? Sortant alors brusquement du lit, il se débarraffa des griffes qui le retenoient, & cherchoit a fortir, lorfque ce que le Lecteur verra dans le Chapitre qui fuit, l'arrêta.

CHAPITRE XVI.

*Illusion : Bonheur du Prince
évanoui : A quel prix on
le lui rend.*

Tanzaï transporté de rage,
alloit sortir de l'Appartement , lorsqu'une voix douce,
& qu'il crût reconnoître, l'appella. Ciel ! quelle fut sa surprise , lorsqu'en se retournant du
côté du lit , il vit Néadarné plus
charmante que jamais ! O ma
Princesse ! s'écria-t'il , en courant vers elle. Arrête , ingrat,
lui dit Néadarné , homme sans
courage ! tu ne mérites plus mes
bontés. Tu sçavois que notre
bonheur

bonheur dépendoit de cette é-
preuve, & tu n'as pas eu la force de la supporter. Ces apparen-
ces difformes, me cachoient;
c'est moi, qui par la protection
de Barbacela, sous la forme d'u-
ne Fée, t'ai débarrassé de ta fatale Écumoire; c'est moi encore
qui pour te donner moins d'horreur pour l'objet qui s'offriroit à
tes yeux, t'ai fait prendre de
l'eau de Santé. Malheureux !
ajouta-t'elle, en versant quelques larmes, tu as trahi mes
soins & mes bontés, & tu vas
pour toujours rester dans cet état
affreux dont rien ne peut plus te
tirer. O ma Princesse ! s'écria
Tanzaï, qui vous auroit devi-
née ? Il fit alors de nouveaux
efforts pour l'embrasser, mais la
Princesse & l'appartement disparurent à ses yeux, & il se sentit

transporter dans la chambre où
on l'avoit reçu à son arrivée. Son
desespoir augmenta en y retrou-
vant la fâcheuse Choüete, qui,
assise dans un fauteuil, chantoit
en l'attendant. Eh quoi ! lui dit-
elle, d'un ton guai, si-tôt de retour, une nuit passe avec vous
comme une minute : Si vous ne
les faites jamais plus longues,
on peut sans scandale vous en
accorder. Je croyois ne vous revoir qu'à midi. Grands Dieux ! s'é-
crioit douloureusement le Prince, de quels malheurs empoi-
sonnez-vous ma vie ? Ah ! dit la
Choüete, je suis au fait. Il vous
est arrivé quelque accident, ou
pour mieux dire, le même subsiste ; cela est malheureux pour
vous ; car, quel usage voulez-
vous qu'on fasse de votre personne ? Sçavez - vous bien ! vous,
qui

qui parlez ſi mal-à-propos, dit
le Prince avec fureur, que je
vous tords le col, ſi vous oſez
encore proférer une parole. Puis,
revenant à lui-même, je vous
demande pardon, Mademoiſel-
le, ajouta-t'il, de ce que je viens
de vous dire, mais tant d'évenemens me confondent, me mettent hors de moi, que je ne ſçais
ni où je ſuis, ni ſi je ſuis encore.
Permettez-moi de vous raconter
mon infortune. Vous avez, dit-
il, en finiſſant ſon récit, beaucoup de crédit en ce Palais. Je
reconnois ma faute. Ne pour-
rois-je pas me retrouver dans
cette occaſion que mon impru-
dence m'a fait perdre ? Mais dé-
pêchez, il y va de mes jours. Ce
que vous me propoſez-là eſt difficile, reprit la Chouete, je vais
cependant eſſayer ſi mon crédit

peut

peut vous être utile : Attendez-
moi ici patiemment, je vais né-
gocier votre affaire. A peine fut-
elle fortie, que Tanzaï fe mit à
rêver. Qui l'auroit deviné, fe difoit-il, que ma Princeffe eut pû
m'être offerte fous cette exécrable forme ? Hélas ! j'avois déja
fenti l'effet de l'eau de Santé ; déja je me reconnoiffois, j'allois
réparer ma gloire & mes in-
fortunes. Mais, qui l'afpect de
Concombre n'auroit-il pas ef-
frayé ? Cet horrible fouvenir me
glace encore. A peine ma Princeffe m'a-t'elle fuï, que retom-
bant dans mon néant, je me fuis
vû auffi loin de moi-même que
je l'étois. Malheureufe condition
des Rois, d'être foumis malgré
leur pouvoir aux injuftices des
Fées ! Y a-t'il rien de fi bizarre
que ce qui m'arrive ? Ma deftinée

née dépend d'une vile Écumoire! Ah! si jamais, mon Histoire est écrite, qui pourra y ajouter foi? Ou si elle trouve de la crédulité, quel sujet d'entretien, pour les siécles à venir? Sans la Choüete qui vint interrompre ses réflexions, il les auroit peut-être poussées plus loin. Eh bien, divin Oiseau, lui dit-il, mon malheur est-il sans remede? Je tremble que vos soins n'ayent été inutilés. Vous êtes plus heureux que vous ne pensez, lui dit-elle en souriant; on vous pardonne, ce n'est pas sans peine, mais enfin vous pouvez encore tenter l'avanture, le champ vous est ouvert. Je vais donc, reprit-il, revoir Néadarné? Ah Dieux! Prince, reprit-elle, ce sera en effet Néadarné, mais toujours sous la forme de Concombre.

N 3 Vous

Vous friſſonnez! Conſultez-vous,
votre premier refus vous coûte
déja aſſez, prenez garde au ſe-
cond. Si d'abord, vous aviez ſur-
monté votre répugnance, & que
la Fée prétenduë vous eut reçu
dans ſes bras, à peine y auriez-
vous été, que la Princeſſe auroit
pris ſa place. Actuellement, cela eſt devenu plus difficile ; il
faut que vous ſouteniez beaucoup de fois, l'épreuve preſcrite,
avant que de voir la Métamor-
phoſe. Hem ? que dites-vous ?
dit Tanzaï, que parlez-vous de
beaucoup de fois ? Qu'eſt-ce que
cela veut dire ? Vous m'entendez, dit la Choüete, beaucoup
de fois, cela ſe comprend ? On
ne peut pas moins, répondit le
Prince. *Beaucoup de fois*, n'offre
point de nombre déterminé ?
Dame, reprit la Choüete, ma
pudeur

pudeur ne me permet pas de m'exprimer plus clairement. Votre pudeur ! repliqua-t'il ; eh bien ! ce que votre pudeur ne vous permet pas de dire, la mienne me permet pas de le deviner. Il faut donc prendre cela sur moi, répondit la Chotiete en affectant de rougir ; mais en vérité la langue est pour de certaines chofes, d'une stérilité si grande, que ce feroit en vain qu'on voudroit chercher des équivalents. Ici surtout, ils feroient d'autant plus déplacés, à moins qu'ils ne fuffent d'une clarté finguliere, qu'il est très-important que vous m'entendiez bien. Figurez-vous donc que ce *bien des fois*, que vous ne comprenez pas, c'est comme si je vous difois treize fois. Treize fois ! s'écria Tanzaï ! Allez, on n'y penfe pas ; ce feroit tout ce

que

que je pourrois faire, si la Princesse étoit de moitié. Prévenu
que ce sera Néadarné, la figure
de Concombre ne m'en causera
pas moins d'horreur : Vous me
rendez-là de plaisants services ;
faites-en du moins diminuer la
moitié. Cela ne se peut, dit la
Choüete, c'est le dernier mot ;
mon zéle ne doit pas vous être
équivoque, je ne gagne rien sur
ce marché-là. Treize fois ! s'é-
cria encore le Prince. Comment,
dit-elle, vous vous effrayez de
ce dont l'homme du monde le
plus décredité, s'acquitteroit sans
peine. En effet ! reprit Tanzaï,
je voudrois bien, pour ce que
vous faites pour moi, que vous
le sçûssiez par expérience. Encore un coup, reprit-elle, déter-
minez-vous, c'est une honte que
si peu de chose vous arrête ; j'a-
vois,

vois, dans le fonds, meilleure
opinion de votre valeur. Écoutez, dit le Prince, vous fçavez
qu'il y a quantité de chofes que
les circonftances feules rendent
pénibles, & vous avouërez avec
moi, que la figure de Concombre, n'eft pas propre à faciliter le
nombre qu'on m'impofe. N'importe, conduifez-moi, & que
le ciel m'affifte. La Choüete le
prenant par la main, le mena
dans l'appartement des délices,
plus troublé, & plus defagréablement occupé que la premiere
fois.

CHA-

CHAPITRE XVII.

Nuit délicieuse de Tanzaï.

DE quelque courage que le
Prince se fût armé, il fris-
sonna en revoyant Concombre.
Prince, lui dit-elle, recouchez-
vous, & venez mériter votre grace, ou combler vos malheurs.
Tréve de Harangue, repartit-il
brusquement, le comble de mes
malheurs est de me retrouver auprès de vous, & le seul de mes
desirs, d'en sortir le plutôt que
je pourrai. Ainsi, point de complimens ; il vous siéroit mal de
m'en faire, après l'état où vous
me réduisez. Mais, quelle fureur

reur vous tient de vouloir que je
paſſe une nuit avec vous ? La répugnance que je vous montre,
ne devroit-elle pas vous en gué-
rir ? S'il eſt vrai que vous ayez
conçu de l'amour pour moi, ne
devroit-il pas vous ſuffire, pour
le bannir, que je réponde mal à
vos ſentimens ? Et ſi vous ne
cherchez qu'à vous venger de
l'Écumoire, eſt-ce à moi que
vous devez votre couroux : Prince, reprit Concombre, vous
parlez le mieux du monde, &
vos diſcours me perſuaderoient,
s'il pouvoit être de quelque uti-
lité que je fuſſe convaincuë de ce
que vous me dites. Ce n'eſt, ni
l'envie que j'ai de vous punir,
ni un mouvement d'amour qui
vous met aujourd'hui dans mes
bras, l'ordre du deſtin ſeul me
fait ſubir une épreuve encore
plus

plus humiliante pour moi, qu'elle n'eſt pénible pour vous. Croyez-vous que ma modeſtie ne ſouffre pas de voir ſi près de moi un homme, qui n'y eſt point appellé par mon choix ? Penſez-vous qu'on s'abandonne ſans regret aux tranſports de quelqu'un qui nous eſt indifférent ? Eſt-il rien de plus cruel pour une femme ſenſible, & née avec de la vertu, que d'eſſuyer des careſſes que ſon cœur n'avouë pas? Quant à ces tranſports, & ces careſſes dont vous parlez, puiſqu'elles vous font tant de peine, je puis, dit Tanzaï, vous les épargner; je ne ſuis pas aſſez impoli pour vous ravir des faveurs auſſi précieuſes que les vôtres. Oh non! dit la Fée, je ſuis ſoumiſe aux volontés du deſtin, & ma réſignation m'aidera. Vous étiez

tout-

tout-à-l'heure , reprit Tanzaï ,
plus emportée , & moins dévo-
te ; mais , quoi qu'il en foit , on
m'a promis Néadarné , & je ne
commence point que je ne la
voye. On vous l'a promife , à
la vérité , reprit Concombre ,
mais vous fçavez à quel prix. Allons donc , dit le Prince , qui ,
malgré lui , fe fentoit renaître ;
mais il faut aimer bien éperduë-
ment pour fe foumettre à ce qui
m'arrive. Alors fe bouchant le
nez , fermant les yeux , il tâcha
de s'acquitter du mieux qu'il
pourroit, du devoir prefcrit. La
Fée pour le lui rendre plus faci-
le , foupiroit tendrement , & s'a-
gitant avec volupté , lui donnoit,
malgré fon indifférence , tous
ces noms emportés que l'amour
infpire. Elle faifoit fucceder l'indolence à la fureur , la vivacité

à

à l'abbatement : On assure même que pour lui prouver plus de sensibilité , elle jura plus d'une fois. Tanzaï , pour en être plutôt quitte , avoit fait tout de suite (chose surprenante , & qui n'est pas celle de cette Histoire qui peut choquer le moins) la moitié de son martyre , & l'eau de Santé , agissant miraculeusement , le mettoit en état de s'acquitter du reste avec autant de promptitude , lorsque la Fée le pria de suspendre ses travaux , & de la laisser respirer.

Le Prince l'ayant satisfaite. Voyez-vous , Prince , lui dit-elle , je ne suis pas de ces femmes sans délicatesse , qui n'estiment dans un homme que ces qualités dont vous venez de faire preuve. J'aime mieux cent fois une conversation tendre , que le sen-

sentiment animé, que ces voluptés honteuses que les amans
ordinaires recherchent sans cesse.
Combien dites-vous qu'il vous
reste à faire de cette nuit ? Sept,
reprit-il brusquement. Ce que
je vous demande-là, repartit-
elle, n'est pas que je m'en soucie. Si j'en étois crûë, vous n'auriez plus rien à faire. Vous dites
qu'il vous en reste sept, je crois
que vous vous trompez. Il se
peut bien, reprit-il, je compte-
rois au moins sur neuf d'acqui-
tés. Ce n'est pas ainsi, dit-elle,
que je compte, j'étois moins
égarée que vous, & je crois qu'il
en faut encore dix. Ventrebleu,
cela n'est pas vrai, dit Tanzaï en
fureur. Ne vous fâchez pas, mon
fils, dit-elle tendrement, nous
n'aurons pas de disputes là-dessus ; mais vous êtes le plus éton-
nant

nant de tous les hommes , & j'ai
peine à croire qu'avant votre enchantement, vous valuffiez d'aucune façon , ce que vous valez
aujourd'hui. Vous fçavez mieux
que perfonne , reprit Tanzaï,
pourquoi je vaux tant , & le préfent qu'on m'a fait de l'eau de
Santé , eft une précaution que
vous avez prife pour vous-mé-
me : Mais , en confcience , ne
devriez-vous pas me remettre le
refte. Cela ne fe peut , reprit-
elle. En ce cas , dit-il , je m'en
tiendrai où je fuis , je ne vous
crains plus. Nous verrons , reprit Concombre en le touchant,
Ah barbare ! s'écria le Prince,
qui fe fentit décroître , il y a ici
moins d'enchantement que vous
ne croyez , & votre main pour
opérer ce que je fens , n'avoit
pas befoin de magie. Le difcours
est

eft tendre, dit Concombre, &
c'eft le moyen d'obtenir grace !
Si vous n'êtes point généreufe
par rapport à moi, foyez-le du
moins, dit Tanzaï, par rapport
à vous-même. Je fuis, reprit-
elle, moins méchante que vous
ne croyez, & vous verrez que je
puis de cette main que vous mé-
prifez tant.... Eh de grace !
s'écria Tanzaï, ne me touchez
point. Malgré fa peur, la Fée
lui tint parole, & lui qui mouroit d'envie de finir avec elle,
recommença fa corvée. Il étoit
enfin arrivé au douziéme inclufi-
vement, fans qu'il vît Néadarné, & il en témoigna fa furprife
à Concombre. C'est apparemment, dit-elle, que fon recou-
vrement eft attaché au nombre
myftérieux de treize. Je vois affez, reprit-il, qu'on ne l'a pas

mis à bon marché , mais finif-
fons. Le Prince , à la fin de ce
dernier travail, chercha des yeux
Néadarné , mais ne la voyant
point paroître : Que veut donc
dire ceci ? Demanda-t'il. Pourquoi ne vois-je pas Néadarné ?
M'auroit-on trompé ? Hélas !
Prince , dit la Fée , vous vous
êtes trompé vous-même , vous
avez mal calculé. Oh corbleu !
dit Tanzaï , il ne faut pas être
un *Barrême* pour fçavoir compter jufques à treize , ils y font
bien.

Mais le moyen , reprit-elle :
Vous voyez bien que cela ne fe
peut pas , vous auriez Néadarné
en votre pouvoir , fi ce que vous
dites étoit vrai. Au nom de vous-
même , cher Prince ! prenez garde qu'il n'y ait de l'erreur. Morbleu , dit-il , c'eft qu'il n'y en a
point.

point. Enfin , reprit-elle , par votre obſtination, vous ne verrez point Néadarné ; & par un eſprit de ménage mal-entendu , vous perdrez le fruit de ce que vous avez fait. Ciel ! s'écria-t'il, me laiſſez-vous en proye à l'injuſtice ? Et faut-il.... Mais hélas ! peut-être avez-vous raiſon ? Je ne vois point Néadarné , & ſon abſence ſuffit pour me convaincre : Voyons donc , ſi je puis m'en tirer. Tanzaï excedé de fatigue , eut toutes les peines du monde à terminer ſa pénitence. Il ne fut pas cette fois plus heureux que les autres , & reconnoiſſant combien inhumainement on l'avoit trompé , il ſe jetta avec fureur ſur Concombre, dans le tems qu'elle alloit lui reprocher une ſeconde erreur de calcul. La Fée , en ſe débattant

avec

avec force, se retira des mains
de Tanzaï, après lui avoir en-
foncé plus d'une fois ses griffes
dans la peau, & lui avoir laissé le
corps tout couvert d'égratignu-
res ; puis, s'élevant au plafond :
Ne compte point, lui dit-elle,
vaincre jamais ma fureur. Je se-
rai ta persécutrice éternelle. Les
malheurs que je t'ai fait éprouver, ne sont, ni les derniers, ni
les plus cruels de ta vie. Je t'ai,
à la vérité, rendu ce que tu de-
sirois avec tant d'ardeur, mais
prend garde qu'il ne te soit inutile, & souviens-toi long-tems
de ton infernale Écumoire. Ah !
Perfide, s'écria Tanzaï, après ce
que tu viens de me faire, quels
coups peux-tu me garder encore ?

En cet instant, la Fée & le Palais disparurent à ses yeux, &
lui

lui, auſſi honteux que fatigué de
ſa bonne fortune, trouva ſes habits, ſon Écumoire, & ſon cheval dans cette même Forêt où il
avoit rencontré la Fée au Chaudron. Il s'habilla promptement,
formant dans ſa tête mille inutiles projets pour la punition de
Concombre & de la Choüete,
& reprit le chemin de Chéchian,
très-diſpoſé à garder à Néadarné, la fidelité la plus exacte,
puiſque les plaiſirs dérobés, lui
réuſſiſſoient ſi mal.

CHA-

CHAPITRE XVIII.

Le moins amufant du Livre.

PEndant que le Prince opéroit ces étonnantes merveilles, l'on n'étoit pas plus tranquille à Chéchian, qu'il ne l'avoit été dans le Palais de Concombre. L'affaire de Saugrenutio y faifoit grand bruit. Les Sacrificateurs, & les États étoient convoqués. Le Roi fenfible aux déplaifirs de fon fils, & croyant qu'ils ne feroient terminés que quand Saugrenutio auroit léché l'Écumoire, n'épargnoit rien pour lui donner cette mortification. Il avoit gagné jufques au Patriarche,

che, qui, autant pour plaire à
Céphaès, que pour bleffer le
Grand-Prêtre, avec qui il n'étoit
pas bien, avoit promis au Roi
d'entrer dans toutes fes vûës.
Saugrenutio n'ignoroit pas que
du côté de la Nobleffe, il n'auroit aucunes reffources. Cet Ordre de l'État, attaché à la perfonne du Souverain par des raifons de politique & d'interêt,
n'auroit pas voulu, fans doute,
agir contre fes maximes dans une
occafion où il auroit choqué, &
fans fruit particulier, la Majefté
du Prince. Les Sacrificateurs qui
n'attendoient leurs dignités, que
de leur fervitude auprès du Patriarche, n'avoient garde de lui
manquer, dans une occafion où
leur complaifance pour lui, pouvoit leur être utile. Le peuple
ignorant & fuperftitieux, accou-
tumé

tumé à regarder les Decrets du Patriarche, comme des Decrets des Dieux mêmes, auroit craint d'attirer leur colere fur lui, en prenant le parti de Saugrenutio dans une occurrence où la Religion ne lui paroiffoit pas affez intereffée.

Quel moyen reftoit-il donc au Grand-Prêtre d'éviter le deftin qui le menaçoit? Haï de la Nobleffe, avec laquelle fa hauteur lui avoit fouvent fait avoir des difcuffions: Détefté des Sacrificateurs, jaloux du rang qu'il occupoit; méprifé du peuple, qui étoit fcandalifé de l'entendre jurer, & de lui voir faire des chanfons. Mais le moyen auffi d'obéir? La honte de lécher l'Ecumoire, la douleur qu'elle lui cauferoit, le triomphe du Roi, toutes ces confidérations l'agitoient

toient tour à tour, & quoiqu'il
demeurât ferme dans la réfolution de defobéir, il ne voyoit
pas comment il pourroit réfifter
à tant de forces réunies contre
lui. Il étoit encore à ne fçavoir
quel parti prendre, lorfque le
Patriarche arriva à la Cour, pré-
cedé d'un Decret terrible par lequel il étoit prefcrit à Saugrenutio de lécher l'Écumoire. Il finif-
foit par une courte & fraternelle
exhortation de fe foumettre, &
de ne pas laiffer armer contre lui
la juftice divine & humaine.

Saugrenutio attéré par ce Decret, alloit fuir, lorfqu'une im-
prudence du parti contraire lui
redonna courage. Le Patriarche
mécontent, (foit qu'il en eut fu-
jet ou non) des Sacrificateurs de
Chéchian, les menaça de les
joindre à leur chef, & de leur

faire auffi lécher l'Écumoire.
Comme ce Patriarche étoit un
homme violent & abfolu dans
fes volontés, les Sacrificateurs
craignirent pour eux-mêmes, &
le péril commun les réunit à Saugrenutio. Il y eut donc chez lui
une affemblée fecrete où il fut
conclu qu'on chercheroit à fe
faire des Partifans. Ces féditieux
penférent, avec fageffe, qu'il
falloit pour s'attacher le peuple,
lui faire croire que l'Écumoire
devenoit une affaire générale,
& que perfonne dans le Royaume, fans en excepter le Roi, ne
feroit exempt de la lécher. Ces
bruits firent l'effet que ceux qui
les répandoient, en avoient attendu. Ils trouverent de la crédulité, formérent de la crainte,
& parvinrent enfin jufques au
Roi. Céphaès en fut allarmé, il
con-

connoiſſoit le caractere entrepre-
nant du Patriarche ; cent fois il
avoit eu à ſe plaindre de ſon audace, cent fois auſſi il avoit voulu l'en punir : il lui paroiſſoit
cruel de laiſſer à portée de blesſ-
ſer la majeſté du Trône , une
puiſſance qui ne ſubſiſtoit qu'à
l'ombre de celle qu'elle cherchoit à affoiblir. Il étoit indigné
de voir les Patriarches devoir
leur place aux Rois, & ſans ceſſe
leur manquer : mais la ſuperſti-
tion les rendoit vénérables. Il
avoit crû d'ailleurs, qu'il lui im-
portoit de ne pas anéantir abſo-
lument une autorité qui accou-
tumant les Sujets à obéir , les
rendoit plus dociles à ſes volontés , & plus fideles à leurs ſer-
mens. Un peuple ſans Religion,
eſt bien-tôt ſans obéiſſance. S'il
ne connoît point de Dieux , s'il

P 2   n'en

n'en craint pas , les Loix humai-
nes ne font plus rien devant lui;
il devient fon Légiflateur , fon
caprice feul fait fa régle , il n'éleve , que pour abattre. Inceffam-
ment révolté contre fon propre
ouvrage, fon génie en proye aux
nouveautés , le fait courir fans
ceffe de projets en projets ; fans
crainte pour l'avenir, ou il anéantit abfolument le fouvenir des
Dieux , ou il envifage de fi loin
leur colere , qu'à peine penfe-t'il
qu'elle foit à craindre. Un peuple qui fe conduit par d'autres
maximes , tranquille à l'égard
de fes Rois , les regarde comme
un préfent de la divinité , & n'i-
magine pas qu'il lui foit réfervé
de les juger , ou de difcuter feulement la nature de leur autorité , & d'y donner des limites.
Mais auffi , plus fuperftitieux
que

que religieux, moins vertueux que timide, plus crédule qu'éclairé, une idée mal-entenduë de la Religion le mene loin : plus frappé du culte extérieur, que de l'exiſtence de la Divinité, plus ſoumis à ſes Miniſtres, qu'à elle-même, il les croit lézés où on leur fait juſtice ; & le Roi, victime des préjugés des Sujets, n'oſe ſortir d'eſclavage, dans la crainte d'exciter des troubles où ſa perſonne & ſa dignité ſeroient également compromiſes. Céphaès convaincu de la vérité de ces principes, avoit cherché peu-à-peu à limiter le trop grand pouvoir du Patriarche, & à le borner aux fonctions purement ſpirituelles. Pour ôter à la Capitale un ſujet de remuer, il avoit éloigné le Patriarche de la Cour, afin que perdant de vûë cette

P 3   idole,

idole, elle en fût moins adorée.
En quoi cependant il manqua de
politique. Il n'eft pas de la fageffe du Souverain d'écarter de
fa perfonne, un Sujet qui partage, en quelque façon, fon autorité. Le Patriarche, dans le fé-
jour qui lui étoit affigné, brilloit
feul : A Chéchian, il étoit obf-
curci par la lumiere du Trône,
& les Sujets, en le voyant contraint de rendre hommage au
Roi, fentoient à quel point il lui
étoit fubordonné. D'ailleurs, on
étoit plus à portée de veiller aux
brigues qu'il pouvoit avoir envie
de former. Un feul regard du
Maître les pouvoit diffiper, au
lieu qu'éloigné de lui, il mettoit
à profit la crédulité des peuples,
& accréditoit fes cabales, par la
longueur du tems qu'il falloit
pour les détruire.

Céphaès

Céphaès ne douta point, vû les tracafferies qu'il avoit faites au Patriarche, que celui-ci ne cherchât à s'en venger. Cependant il lui paroiſſoit bien extraordinaire qu'on voulût aller juſques à lui faire lécher l'Écumoire. La Fée Barbacela n'avoit appellé que le Grand-Prêtre à cet honneur, mais cette Fée ne paroiſſoit point. Son ordre n'étoit que verbal, on pouvoit l'interprêter, & l'étendre; enfin, il avoit peur. Il réfolut cependant, en cas que l'on prît pour prétexte l'honneur de la Religion, de rejetter fur le Patriarche une partie de l'affront qu'il vouloit lui faire, & de l'obliger à lécher l'Écumoire le premier. On peut croire que lorſqu'il revit le Patriarche, il ne lui fit pas bonne mine. Le Patriarche de ſon côté,

P 4   bouda

bouda le Roi, & le premier fruit
de l'artifice de Saugrenutio fut
de jetter entr'eux les fémences
d'une divifion qui ne lui pouvoit
être qu'utile.

Le Grand – Prêtre s'apperçût
aifément de l'état de trouble où
l'on étoit à la Cour. Eh bien !
dit-il à fes alliés, eh bien ! Nous
les tenons. C'eft demain l'ou-
verture de l'Affemblée , mais ne
nous démentons pas. Le peuple
eft pour nous ; les femmes à qui
j'ai fait une defcription monftrueufe de l'Écumoire , jurent
qu'elles n'obéïront point. Ne
craignez pas des menaces fri-
voles. Pour tout braver , il ne
faut que du courage , ce n'eft jamais que les foibles que l'on in-
fulte. D'ailleurs, que craignons-
nous ? Le Prince n'eft pas de retour , l'Écumoire qui voyage
avec

avec lui ne lui ſera peut-être jamais ôtée : Qui ſçait même , ſi
jamais on les reverra ? Nos en-
nemis deſunis entr'eux ne peuvent plus nous porter de coups
certains. Occupés à ſe garder
l'un de l'autre , leur défiance
mutuelle fait notre ſalut. Allons , Meſſieurs , buvons , ajouta-t'il , & que le Ciel nous protege , peut-être que pendant le
repas que je vous ai fait préparer , il nous inſpirera quelques
penſées ſalutaires.

A ces mots les Sacrificateurs
ſe mirent ſaintement à table.
Comme Saugrenutio ne prenoit
jamais que là ſes réſolutions ,
on y fut long-tems. Par bien-
ſéance cependant , on en ſortit
vers le matin , & chacun des
conviés les yeux baiſſés , & la
marche indécente, retourna chez
soi ,

loi, après avoir promis au Grand-
Prêtre de bien seconder ses intention.

CHA-

CHAPITRE XIX.

Bagatelles trop férieufement traitées.

TElle étoit la difpofition des efprits, lorfque l'on ouvrit l'Affemblée. Saugrenutio y parut avec une contenance affurée. Le Patriarche commença par un difcours empoulé, & qui pour avoir été préparé dès long-tems, n'en valoit pas mieux. Mon frere, dit-il affectueufement à Saugrenutio, quand le Ciel parle, il eft inutile de fe rendre fourd à fa voix. Votre réfiftance à fes volontés, vous rendra coupable, & nous forcera d'employer contre vous, l'autorité qu'il nous a donnée.

donnée. La perte de votre dignité, est la moindre de celles auf-
quelles nous vous condamne-
rons. Qui peut même prévoir à
quelles rigueurs, cette voix cé-
leſte nous portera contre un Mi-
niſtre, rebelle à ſes devoirs?
Plaiſe, pourtant! s'écria-t'il,
Plaiſe! au ſuprême Singe qui re-
çoit tous les jours votre encens,
d'illuminer votre cœur. Puiſſé-
t'il toucher votre ame endurcie,
& tetarder ſa vengeance! Dé-
ſarmé par les ardentes prieres
que nous faiſons tous pour votre
converſion, qu'il daigne vous
porter à donner un exemple néceſſaire d'une entiere ſoumiſſion
à ſes ordres! Allons, dit-il, d'un
air de douleur, rapportons le
fait, & inſtruiſons promptement
le procès. Alors l'Orateur ſe leva, & raconta avec l'exactitude

la

la plus scrupuleuse, au hazard
d'être long, l'Histoire de l'Écumoire : & l'ordre de la Fée Barbacela, de la faire lécher au
Grand-Prêtre, fut plus exageré,
qu'oublié. Pendant ce récit, qui
fut long, Saugrenutio & ses
adhérans se confirmérent dans la
résolution de desobéïr. A peine
fut-il fini, que le Patriarche se
leva, & parla bas au Roi, comme pour aller aux opinions.
Franchement, luit dit Céphaès,
croyez-vous qu'il obéïsse ? Oui,
répondit le Patriarche, & il ne
sera pas le seul. Le Roi s'imagina alors que le Patriarche l'avoit
regardé, & que c'étoit pour lui
qu'il parloit. Comment ? dit-il
en colere, il ne sera pas le seul !
Il n'y a cependant que lui qui le
doive ici : Prétendriez-vous que
je léchasse l'Écumoire, moi ? Fi
donc,

donc, reprit le Patriarche : Mais, pourtant, ajouta-t'il, cela n'en feroit pas plus mal, & si vous le faisiez, vos Sujets n'auroient plus rien à dire. Mais, répondit le Roi, mes Sujets n'ont que faire à tout ceci : je vous ai déja dit que la chose ne regardoit que Saugrenutio. Votre Majesté le croit, répondit le Patriarche ; mais telle est la nature de l'Écumoire, qu'elle devient un mystere & un objet de vénération ; elle n'est plus une affaire particuliere. Oh ! tant qu'il vous plaira, reprit Céphaès, mais pourtant ne me mettez pas de la partie. C'est ce que nous verrons plus à loisir, dit le Patriarche ; cependant, Sire, vous n'en ferez que ce qu'il vous plaira. Alors se tournant du côté de Saugrenutio, il lui conseilla d'obéir.

Mon-

Monfeigneur, dit Saugrenutio, je n'en ferai rien. Puis donc, dit le Patriarche, d'un air contrit, puifque ce rebelle veut toujours l'être, nous le déclarons déchû de fes dignités : Ordonné à lui de remettre entre les mains du Roi, la culotte de peau d'Ours ; & entre les nôtres, le manteau de peau de Canard, & l'aigrette de Papier marbré, dont avant fa perverfion, notre munificence l'avoit honoré. Et vous, dit-il aux Sacrificateurs, profitez de cet exemple, & par une prompte obéïffance envers l'Écumoire, prévenez la rigueur de nos jugemens. Alors mille bruits confus s'éleverent; mais le Roi & le Patriarche fortirent de l'Affemblée, après avoir ordonné qu'on dreffât un Acte authentique de ce qui venoit d'être réfolu. La Noblesse

bleſſe triomphoit de l'abaiſſement des Sacrificateurs, lorſque
Saugrenutio prenant la parole :

Vous me voyez conſterné,
Meſſieurs, dit-il, moins de l'affront qu'on me fait, que du malheur d'être témoin du bouléver-
ſement des Loix. Il n'eſt plus !
ce tems heureux où l'innocent
trouvoit contre l'oppreſſion une
reſſource aſſurée ; le ſouvenir
qui nous en reſte, ne ſert qu'à
augmenter notre douleur ; nos
regrets ne peuvent nous le rendre : Abandonnés à la ſervitude ;
faits à l'abaiſſement où l'on nous
réduit , nous ne pouvons nous
excuſer aux yeux de l'univers,
qu'en perdant la mémoire de notre ancienne ſplendeur. Eh ! à
quoi nous ſerviroit-elle , qu'à
rendre notre baſſeſſe plus con-
damnable ? Les voilà donc ces
fiers

fiers Chéchianiens qui rempliſ-
ſoient le monde entier de leur
gloire ! Voilà ce peuple ſi fa-
meux ! une vile Écumoire fait
trembler ces auguſtes mortels !
Anciens Défenſeurs de l'État ,
ajouta-t'il , en adreſſant la parole à la Nobleſſe , ce n'eſt pas à
vous que je demande des ſecours : l'aviliſſement où je vous
vois , m'inſtruit de votre foibleſſe ; pliez donc ſous le joug de la
tyrannie , vous n'êtes pas dignes
de jouir de la liberté , mais brû-
lez ces Faſtes célébres qui vous
ont conſervé les faits glorieux de
vos ancêtres. Je ne vous encourage point à y puiſer des exemples de vertu , ils vous ſeroient
inutiles. Qui ne rougit point de
ſa ſervitude , ne mérite pas de
ſçavoir qu'il y a eu des hommes
libres. C'eſt donc à vous , Mi-

Tome I.   Q   niſtres

niftres facrés ! C'eft à vous feuls
de faire difparoître l'injuftice.
Qu'avons-nous à craindre ? Et
quand nous pourrions fuccom-
ber, la mort nous doit-elle plus
effrayer, qu'une vie condamnée
à un opprobre éternel. Ven-
geons l'honneur de nos Autels:
Donnons à cet état abbatu, des
exemples de courage dont il
puiffe profiter. Mourons s'il le
faut, mais mourons en Citoyens;
utiles à notre Patrie jufques dans
nos derniers inftants, montrons-
lui du moins comme on fçait fe
délivrer de la fervitude. Victi-
mes perpetuelles de l'ambition
du Patriarche, nous ne vivrions
que pour voir fans ceffe renou-
veller nos affronts. Car, que
fert-il de nous flatter. Et quelle
efpérance pourrions-nous nour-
rir, fans témerité ? Nous eft-il
permis

permis de croire qu'il ne tentera plus d'entreprises ? Est-ce d'aujourd'hui que la Chéchianée souffre de ses projets ? Ouvrons notre Histoire , & sans chercher des traits plus odieux , souvenons-nous seulement des desordres que causa , il y a six cens ans , le Patriarche *Hinhohu-Yalucha* , quand il voulut nous faire baiser la queuë d'une Pie. Quelles guerres ne furent pas allumées un siécle après , par l'établissement des Moustaches quarrées , sous le Patriarche *Onsoucho* ? Que n'a point produit l'obstination de *Rimachou* , lorsqu'il voulut abolir le Potiron Sacré ? Cet État enfin après les plus cruelles séditions , commençoit à respirer. Les Patriarches plus éclairés , plus soumis aux Loix , plus sensibles à l'Honneur de la Religion,

Q 2   gion,

gion, ne propoſoient plus d'opinions ſcandaleuſes ; un Soleil
plus pur nous éclairoit. Hélas !
tranquilles à l'ombre de nos Autels, nous nous flattions que ce
calme heureux dureroit. Mais,
ô grands Dieux ! quelle éton-
nante révolution ! & ſur quoi
eſt-elle fondée ? Une Fée apporte une Écumoire. Il eſt important, dit le Prince, que je l'ava-
le, après que la Vieille du monde la plus hideuſe l'a reçûë dans
ſa bouche. C'eſt, ajoute-t'il,
un ordre qu'il a reçû de cette
Fée. Son mariage, ſans cette cérémonie, ne ſçauroit être heureux. Plus attentif encore à ne
pas bleſſer la décence du rang
que j'occupe, qu'à mes interêts
particuliers, je refuſe. Le Prince
tombe dans des accidens peu ordinaires, on m'en fait un crime.
Un

Un Patriarche donne un Decret injuſte : Bien plus , on aſſemble contre moi tout l'État , on me prononce le Jugement du monde le plus inique , & non content de m'avilir , on porte l'audace juſques au corps entier des Sacrificateurs , à qui l'on veut faire lécher l'Écumoire : Tous les Ordres du Royaume ſont enveloppés dans ma diſgrace. Eh ! qu'ont-ils de commun avec moi ? Suppoſé que j'aye dû lécher l'Écumoire , étoit-il néceſſaire qu'ils le fiſſent ? Le Prince n'a nommé que moi : D'ailleurs , qu'on me montre l'ordre de Barbacela : Une choſe de cette conſéquence pouvoit être mieux établie. Si le Prince eſt crû ſi aiſément ſur ſa parole , tous les jours il aura des idées nouvelles, & que ſçais-je enfin ce qu'on ne nous fera pas lécher ?

lécher ? Mais, supposé qu'à présent je vouluſſe obéir, où eſt-elle
cette Écumoire ? Le Prince &
elle tiennent enſemble ; où les
retrouver ? Et quel crime com-
trois-je en attendant leur retour?
Cependant, on me deshonore,
on me dépoſe, on m'ôte les marques de ma dignité. Plus heureux de tout perdre, que d'obéir,
je bénis les Dieux du courage
qu'ils m'ont inſpiré. Plus illuſtre
dans ma retraite, que je ne le ſerois en poſſedant honteuſement
les biens qu'on m'enleve, je ne
verrai pas du moins l'eſclavage
de mes compatriotes. Car, ne
vous flattez pas, ajouta-t'il, en
parlant aux Grands ; votre cri-
minelle complaiſance ne vous
ſauvera pas de l'Écumoire. Je
n'ignore pas, je vois même en
frémiſſant, que plus ſenſibles
aux

aux démêlés que vous avez eus avec nous, qu'à l'honneur de la Religion, vous jouissez avec un plaisir secret du malheur qui nous accable. Ah ! réunissons-nous plutôt. Sentez enfin qu'un même péril nous menace, & si vous n'êtes émus par aucune considération, que celle de votre gloire vous soutienne. Généreux Chéchianiens ! il est dans la servitude deux malheurs qui se succedent : Le premier, est d'y gémir ; l'autre, quand même elle ne subsiste plus, de se souvenir de sa honte. Ah ! rappellez votre courage. Brisez les fers qu'on vous impose, ils disparoîtront quand vous ne les baiserez plus. On ne jette dans l'abaissement, que ceux qu'on croit capables d'y rester. Nous avons les maux présens qui nous environnent,

une

une magnanime résolution nous
peut seule sauver des nouveaux
coups qu'on nous prépare. Se-
couons ce joug odieux sous lequel nous avons si long-tems flé-
chi ! Que ce peuple témoin de
nos affronts , le soit enfin de
notre vengeance ! Nous serons
craints dès que nous voudrons
l'être ; effaçons des Decrets of-
fençans qu'a dicté l'inimitié &
l'injustice , je vous réponds du
succès. De quoi ne sont pas capables des hommes qui combattent pour leurs Dieux & pour
leur liberté ?

Il dit , & les États déja d'ac-
cord de sa condamnation , se
partagent. Différents avis s'éle-
vent. Les plus superstitieux é-
mus par le discours de Saugrenutio , croyent en effet que les
Dieux sont interessés dans cette
affaire,

affaire, se rangent de son parti, & crient qu'il faut revoir le procès. Ceux qui suivent le Roi & le Patriarche, veulent que le Grand-Prêtre soit bien jugé, & prétendent faire passer l'Acte qui le condamne lui & les Sacrificateurs. La dispute s'échauffe, l'Assemblée se rompt. Le peuple informé de ce qui s'est passé, & craignant pour lui, se déclare pour Saugrenutio. Le Patriarche redoutant une émeute générale, suspend ses coups, & accorde du tems au Grand-Prêtre, qui satisfait d'avoir differé sa perte, se croit sauvé, comptant qu'au milieu des troubles qui s'élevoient, on craindroit de l'attaquer ; qu'avant que l'affaire de l'Écumoire fût décidée, il ne pourroit plus être inquieté là-dessus, & que

Tome I.   R   ce

ce feroit, vraifemblablement, une mortification qui tomberoit fur fon Succeffeur.

CHA-

CHAPITRE XX.

Retour du Prince à Chéchian.

CEs troubles agitoient encore la Capitale, lorsque Tanzaï en reprit le chemin. Que di-
rai-je de mon voyage ? Disoit-il
en lui-même ; avouërai-je à Néadarné que c'est dans les bras de
Concombre que je suis rentré
dans mes droits ? De quelle maniere lui raconterai-je une chose
si mortifiante pour sa tendresse ?
Imaginera-t'elle que je puisse mériter d'être plaint ? S'il lui en arrivoit autant, pourroit-elle compter sur mon indulgence ? Mais
elle sçait de quelle espece étoit

R 2   mon

mon malheur ? En lui donnant des preuves qu'il a cessé, pourrai-je me dispenser de lui dire pourquoi ? Eh ! quelle seroit sa douleur, de quels coups ne l'accablerois-je pas, si je lui faisois part de toutes les idées qui m'ont occupé ? Si elle sçavoit que mon cœur lui a été infidele : Que pendant quelques instants, tout rempli d'une autre, je me suis prêté, j'ai même été au-devant du malheur qui m'étoit préparé ? Si elle peut me pardonner d'avoir passé une nuit dans le lit de Concombre, me pardonneroit-elle d'avoir pensé qu'une autre qu'elle, pouvoit me rendre heureux ? Ah ! cachons ma honte à Chéchian, paroissons-y rétabli : Mais puisse - t'on n'y sçavoir jamais quel remede m'a rendu à moi-même. Tanzaï, en raisonnant

ainsi

ainsi, se rapprochoit de ses États,
& il revit enfin ces murs si desi-
rés de Chéchian, après en avoir
été absent près de trois mois. A
peine l'y vit-on paroître, que
les grandes Vielles avertissant le
peuple, les illuminations, les
cris de joye, & les transports les
plus outrés, annoncerent au Roi
que le Prince rentroit dans la
Ville. Néadarné, saisie du mouvement le plus tendre, s'éva-
nouit : Elle étoit encore dans cet
état lorsque Céphaès lui amena
Tanzaï. Le plaisir qu'il avoit de
la revoir, céda pour quelque
tems à la crainte qu'il eut de la
perdre. Néadarné ! ma chere
Néadarné ! S'écrioit-il, ah ! ne
devois - je vous retrouver que
pour trembler pour vos jours ?
Cruelle Fée ! étoit-ce là les malheurs dont tu me menaçois ?

Néa-

darné, à la voix, & aux baisers
redoublés de son époux, ouvrit
les yeux, & l'embrassant à son
tour, ô Tanzaï ! ô repos de mes
jours ! est-ce donc vous que je
revois ! que votre absence m'a
coûté de larmes ! hélas ! le plaisir seul de votre retour, peut
égaler la douleur que votre départ m'a causé. Ils n'auroient
point fini leurs regards, & leurs
transports, si le Roi impatient
de sçavoir comme étoit le Prince, ne les eût interrompus pour
s'en instruire : Sire, lui dit-il,
cette Écumoire ratachée à ma
boutonniere vous annonce qu'elle ne m'incommode plus, & je
suis le plus trompé du monde, si
la Princesse interrogée demain,
ne vous donne sur le reste, des
nouvelles fort satisfaisantes. Le
Roi alloit demander comment
ce

ce miracle s'étoit fait , lorsque
les Courtisans entrerent en foule
dans l'appartement : l'impatience où ils étoient de revoir Tanzaï , ne leur avoit pas permis de
différer leur hommage. Saugrenutio y arriva avec eux , non
que le même desir le prefsât ,
mais pour fçavoir seulement , fi
par hazard , le Prince n'auroit
point perdu son Écumoire. Il
palit en la revoyant , & Tanzaï
ne pût affez se contraindre , pour
le bien recevoir : il attribuoit
toujours à son refus les malheurs
qui lui étoient arrivés , & le dernier de tous ; lui étant le plus
fensible , il avoit resolu de lui
en faire , tôt ou tard , porter la
peine. Ce fut pour commencer ,
que devant lui , il s'informa de
ce qui s'étoit passé , & fi un sujet
rebelle ne seroit pas enfin puni.

R 4   Le

Le Roi, en lui racontant ce qui s'étoit fait dans l'Assemblée, l'assura de l'obéissance de Saugrenutio, qui, mécontent de ces discours, sortit, persuadé que le Roi en auroit le démenti. Les Courtisans, congediés après lui, Céphaès, & les deux époux, souperent à leur petit couvert. A présent que nous sommes en liberté, racontez-nous, mon fils, dit le Roi, l'Histoire de votre desenchantement. Elle est singuliere, reprit le Prince, d'un air embarassé, & je vous surprendrai beaucoup, sans doute, quand je vous dirai que ce grand Ouvrage, est celui d'un songe. D'un songe ! s'écria le Roi. Que vouloit donc dire le Singe, & à quoi bon vous faire voyager ? vous auriez dormi ici tout aussi-bien qu'ailleurs : Mais voyons un

un peu ce que c'étoit que ce fon-
ge ? Sire, dit-il, & vous, Princesse, après avoir parcouru des
pays immenses, je parvins enfin
dans une Forêt. Alors il raconta,
sans y rien changer, l'avanture
de la Fée au Chaudron. Après
avoir quitté cette Fée, poursui-
vit-il, une envie extrême de dor-
mir vint m'accabler : Ne pouvant y résister, je m'endormis
au pied d'un arbre. Occupé
comme je l'étois de tout ce qui
m'arrivoit, il auroit été sur-
prenant que mon imagination
échauffée ne l'eut pas pris pour
objet. Ces idées produisirent un
songe, dans le desordre duquel
je me crus transporté dans un
Palais magnifique : des Chouet-
tes y parloient ; j'y étois super-
bement reçû ; je crûs y voir Concombre, qui, pour dédomma-
gement

gement de l'Écumoire, me demandoit tendrement de passer la nuit avec elle. On dit bien vrai, lorsqu'on assure qu'en dormant, nous dépendons si peu de nous-mêmes, que l'objet du monde qui nous est le plus odieux, triomphe de notre répugnance. Concombre m'assuroit que c'étoit la seule chose qui pût éteindre son ressentiment. Après le combat le plus violent entre l'amour que j'ai pour vous, & la répugnance qu'elle m'inspiroit, notre interêt mutuel me faisoit céder à ses desirs. Je me suis enfin reveillé, rempli d'effroi, mais pénétré de joye en même tems, quand il m'a été impossible de douter de mon rétablissement. Seigneur, dit alors Néadarné, ce songe est bien suivi, & son effet me paroît admirable.

Croyez-

Croyez-vous que ce ne ſoit qu'une illuſion ? Le moyen d'en douter, reprit le Prince, quand à mon reveil, je me ſuis retrouvé au pied de l'arbre où je m'étois endormi : Mais, Princeſſe, ajouta-t'il, il eſt tard, mon pere, depuis une heure combat le ſommeil, il devroit lui donner les momens qu'il nous accorde, & je ne ſçais ſi la nuit ſera aſſez longue pour me laiſſer le tems de vous parler de tout ce qui nous regarde. Je n'y penſois pas, reprit le Roi : Allez mes enfans, Dieu vous garde des Fées. Le Prince, après avoir donné le bon-ſoir à ſon pere, enleva Néadarné dans ſes bras, & ſe renferma dans ſon appartement pour y goûter ces plaiſirs auſquels il avoit ſacrifié tant de choſes.

CHA-

CHAPITRE XXI.

Qui apprend qu'il ne faut compter sur rien.

LE Prince, pénétré d'amour, & plein de la plus vive impatience, se crut à la fin de ses malheurs, quand il se vit si près de posseder l'aimable Néadarné. Il éprouvoit, outre les desirs dont on est animé auprès de ce qu'on aime, cette fureur de jouir, cette ardeur inquiete que l'on sent pour un bien dont on se voit maître, après des traverses qui faisoient craindre de ne le posseder jamais. Au milieu des plus vifs transports, le souvenir

venir de cette premiere nuit qu'il avoit trouvé si triste, lui faisoit craindre pour la seconde, un sort aussi cruel. Les menaces de Concombre lui revenoient dans l'esprit, & moins il sçavoit de quelle maniere elle exerceroit sa vengeance, plus il la trouvoit à redouter. Il y avoit des tems où il juroit, mais modérement, contre Barbacela. Voyez, disoit-il, à quoi me sert sa protection ? Elle me donne une Écumoire ; c'est, dit-elle, le moyen d'éviter les malheurs que le destin me prépare, & c'est précisément la source de tous ceux qui m'accablent ; sans elle, je n'aurois pas fâché Concombre, & au-lieu de me soulager, elle me laisse-là. Voilà une belle façon de proteger ? Vous verrez qu'elle viendra me faire des complimens,

mens, quand je n'aurai plus besoin de son secours. Pendant
qu'on deshabilloit la Princesse,
il faisoit toutes ces réfléxions,
enfin il pensa tant aux Fées, qu'il
se souvint de la Fée au Chaudron. Sur le champ, il courut à
son cabinet, voir si elle lui avoit
tenu parole sur l'eau de Santé.
On peut imaginer combien il la
trouva honnête, quand il en vit
trente bouteilles. Son premier
mouvement fut d'en avaler une,
mais non, dit-il, après, je n'ai
besoin auprès de Néadarné, que
de ses charmes ; cependant la
force de cette eau ajoutée à celle
de mon amour, doit produire
des choses étonnantes ; si c'est
une supercherie, combien de
femmes voudroient en éprouver
de pareilles ? D'ailleurs, Néadarné à qui je n'ai que faire de
décou-

découvrir ce secret , ne s'en esti-
mera que davantage , & sans
compter l'idée qu'elle se fera de
moi , il est toujours bon de donner à une femme qu'on aime ,
bonne opinion de ses appas. De
façon , ou d'autre , l'amour y
gagne , & quoi que m'ait dit
Néadarné, quelque mépris qu'elle ait fait de ces plaisirs qu'elle
traite d'indécents , je suis sûr que
demain elle aura changé d'avis.
Ces raisons lui paroissant vala-
bles , il but la bouteille qu'il
avoit décoëffée , & rentra dans
l'appartement de la Princesse ,
comme ses femmes en sortoient.
Néadarné , accablée d'une douce langueur l'attendoit, & Tanzaï pressé de se rendre heureux ,
ne la fit pas long-tems attendre.
Néadarné déja accoutumée à se
trouver entre les bras du Prince ,

fit

fit pour cette fois plus valoir sa
tendresse, que sa modestie. Agi-
tée des plus ardens transports,
elle livra tous ses charmes à son
amant, qui, dans un plus grand
désordre qu'elle-même, s'amusa
moins à les considerer que la
premiere fois. L'amour dans les
tendres caresses qu'il leur inspi-
ra, ne leur laissa pas la faculté
de parler, à peine leurs soupirs
pouvoient-ils se faire un passage.
Au milieu de tant de plaisirs,
Tanzaï en chercha de plus grands,
tous deux enfin possedés d'une
douce fureur ; l'ame dans ce tu-
multe heureux qu'elle se plaît
encore à augmenter, se livre-
rent à leur yvresse. Les cris douloureux de Néadarné, & la résistance qu'il trouvoit, l'étonne-
rent moins qu'ils ne le flatterent ;
quelques instances qu'elle lui fit,
quelques

quelques larmes qu'elle versât,
il ne songeoit qu'à achever son
triomphe : il auroit été infléxi-
ble, si Néadarné enfin évanouie
de façon à ne s'y pas méprendre,
ne l'eut allarmé. Tout troublé
qu'il étoit, il ne songea qu'à la
secourir ; ce ne fut pas sans peine
qu'elle revint à elle. Le récit
qu'elle fit au Prince, des douleurs qu'elle avoit senties, un
mouvement extraordinaire qu'-
elle assuroit s'être fait, l'oblige-
rent à juger par ses yeux de ce
que ce pouvoit être. Quelle fut
sa douleur ! quand il s'apperçut
qu'il ne restoit aucune trace de
cette beauté de Néadarné, qui,
dans ce moment, l'interressoit le
plus. C'est pour ce séjour enchan-
té, un changement si peu ordinaire, qu'il ne faut pas s'étonner
si le Prince en fut surpris. La

Princesse , le voyant interdit ,
lui en demanda la cause. Tanzaï , pour toute réponse , lui prit
la main , & la lui porta où il
regardoit. Ah Ciel! s'écria-t'elle,
la maudite Fée , se venge aussi
de moi. Cher Prince! Sous quels
auspices notre union a - t'elle
été formée ? Mais , comment ce
malheur est - il arrivé ? Chere
Néadarné , dit le Prince , il y
avoit si peu à faire que ce n'est
pas là ce qui me fera admirer le
pouvoir de la Fée. Malheureux
que je suis ! continua-t'il , d'é-
ternels obstacles s'opposeront-ils
à notre bonheur ? Me voilà donc
privé pour jamais du plaisir de
vous posseder ? Mais pourquoi,
lui dit Néadarné , votre mal
ayant trouvé un remede , n'y en
auroit-il pas pour le mien ? Je
consens , reprit Tanzaï , que cette

te espérance me reste, mais en me faisant entrevoir un bonheur à venir, détruisez-vous ma peine présente? Ne me serai-je trouvé tant de fois sur le point d'être heureux, que pour sentir plus vivement l'impossibilité de le devenir? Ah Prince! reprit Néadarné, pensez-vous que cet accident ne soit rien pour moi? Ma tendresse ne me le rend-il pas plus douloureux, peut-être, qu'à vous-même? Croyez-vous, qu'il ne me soit pas bien sensible, que mon amour ne vous refusant rien, le vôtre, ne vous offrant pour toute félicité, que celle qui nous manque, les obstacles les plus cruels fassent évanouir nos plaisirs! Le reste de la nuit se passa, soit en discours, soit en tentatives inutiles. Néadarné ne concevoit pas com-

S 2   ment

ment, ce que le Prince offroit à
ses yeux, avoit pû autrefois dis-
paroître, & le Prince, qui se
souvenoit de ce que Néadarné
lui avoit laissé voir, au desespoir
qu'il n'en restât rien, faisoit tout
pour en donner le démenti à la
Fée Concombre. L'eau de Santé
qu'il avoit bûë avec l'idée de la
mieux employer, faisoit des effets étonnants, & sans les secours
de Néadarné, dont la compas-
sion le secouroit tant bien que
mal, il se seroit sans doute mal
trouvé d'en avoir tant pris : d'autant plus qu'il n'imagina pas que
dans cette cruelle situation, il
lui restât des ressources. Ce qu'il
y a de remarquable, c'est que
Tanzaï qui avoit été affligé sans
modération de son infortune,
supporta assez patiemment celle
de Néadarné ; il l'adoroit, mais
il

il se voyoit des motifs de consolation, que la premiere fois il n'avoit point eus. Il avoit résolu de ne lui pas être infidele, lui dût-elle être inutile toute sa vie, mais il étoit bien-aise d'avoir de quoi le devenir, & que la Princesse ne pût pas attribuer sa constance, à l'impossibilité de faire autrement. Ce sentiment étoit délicat, mais je ne sçais, si dans la suite, il ne se seroit pas trouvé de difficile exécution. Néadarné, de son côté, étoit dans un desespoir qui éclatoit malgré sa contrainte. Que fera au Prince, disoit-elle en elle-même, ma fidelité, & quel gré pourra-t'il me sçavoir de n'en aimer point d'autre que lui ? Qui me répondra même que tant d'evenemens sinistres ne le déterminent pas à m'abandonner, &
qu'il

qu'il ne me faſſe pas reſponſa-
ble de la colere de l'abominable
Concombre ? Hélas ! quel ſort
eſt le mien ? Je craignois, lorſque je pouvois ſatisfaire ſa tendreſſe, que ſon amour ne s'étei-
gnît, & je tremble à préſent
que rebuté par tant d'obſtacles,
il ne m'ôte à jamais ſon cœur.
Ils étoient encore occupés l'un
& l'autre, de ces idées, lorſque
le jour vint. Le Prince ne voulant pas que le peuple fût inſtruit
de ce nouveau malheur, prit le
parti d'aller trouver ſon pere, &
de conſulter avec lui, ſur les
moyens qu'on pourroit mettre
en œuvre pour déſenchanter la
Princeſſe.

CHA-

CHAPITRE XXII.

Ce qui fit que le Prince se fâcha.

LE Roi dormoit profondé-
ment, lorſque le Prince alla
tirer ſes rideaux. Eh double Singe! s'écria le vieux Monarque,
que voulez-vous à l'heure qu'il
eſt? Eſt-ce à vous à me réveiller? Que ne vous tenez-vous auprès de Néadarné? A votre place.... Oh! à ma place, répondit bruſquement Tanzaï, vous
vous ſeriez peut - être levé de
meilleure heure que je ne fais.
Eſt-ce que vous ſeriez mécontent de la Princeſſe? Reprit le
Roi;

Roi ; tout au moins, bien éle-
vée comme elle a été, elle est
équivoque ? Eh de par la queuë
facrée ! dit le Prince impatien-
té, il n'eft pas queftion de cela.
Néadarné n'eft rien, ce que je
fuis, eft inutile pour elle, la
porte des plaifirs eft murée. O
Ciel ! que m'apprenez-vous ? s'é-
cria le Roi, affemblons le Confeil. Eh mon pere ! repliqua
Tanzaï, que nous dira-t'il ce
Confeil ? Votre Secretaire vou-
dra faire des incifions, & Saugrenutio ordonnera que l'on
confulte le Singe : Ce dernier
parti me femble le meilleur ;
mais, il fuffira que le Singe foit
confulté à huis clos, & je ne pré-
tends pas que l'on foit informé
de ce malheur : nous devien-
drions enfin les objets de la déri-
fion publique. Faites avertir le
Grand-

Grand-Prêtre , nous nous ren-
drons *incognito* au Temple ; nous
nous sommes assez bien trouvés
du premier oracle , pour recou-
rir à un second. Je ne serois
pourtant pas content , quand j'y
pense, qu'il mît Néadarné aux
mêmes épreuves que moi. Eh !
que vous importeroit , reprit le
Roi , quand Néadarné feroit un
songe ? Quoi qu'il en soit , dit le
Prince , tâchons de le lui épargner , je sçais, que , pour finir
tout ceci , il ne faudroit que porter Saugrenutio à lécher l'Ecumoire ; mais comment le lui per-
suader ? Rien ne le gagne , & la
violence nous est défenduë. Saugrenutio que le Roi avoit fait
avertir , entra. Concombre qui
l'avoit déja prévenu , lui avoit
dicté l'Oracle qu'il devoit rendre , & il étoit assez inutile que

le Prince prît, comme il le fit, la peine de le mettre au fait. Saugrenutio, après avoir tout entendu, fut d'avis d'aller sur le champ au Temple, parce que le Singe ne rendoit pas d'Oracles en Ville. Ils s'y transporterent aussi-tôt, & le Singe, après les cérémonies accoutumées, rendit cet Oracle, & toujours en Prose, afin qu'on l'entendît mieux :

La Princesse ne se reverra dans son premier état, que quand le grand Génie Mange-Taupes en aura disposé selon sa sainte volonté.

Selon sa sainte volonté ! s'écria le Prince transporté de rage, je ne crois pas que cela arrive jamais. Bon ! dit le Roi, vous vous allarmez toujours. Voilà comme vous étiez avant que de partir ; cependant, que vous est-il arrivé ? Sçavez-vous quelle se-

ra

ra la volonté du Génie ? D'ailleurs , quand elle feroit ce que
vous imaginez , ne vaut-il pas
mieux s'y foumettre que de voir
Néadarné , refter toujours ce
qu'elle eft ? Non , il ne le vaut
pas mieux , dit le Prince , & j'aime mieux une fois pour toutes ,
que Néadarné me foit inutile à
jamais, que de la voir paffer entre les bras d'un autre : Fauffe
délicateffe ! reprit Saugrenutio ,
car au fonds cela ne revient-il
pas au même. Pour un mal d'opinion , vous vous privez d'un
bonheur réel. Oh ventre Singe !
s'écria Tanzaï , mêlez-vous de
vos affaires ; fi l'on envoyoit la
Prêtreffe , votre concubine feulement, où l'on envoye ma femme , vous feriez , peut-être auffi
fâché que moi. Laiffez-le crier ,
dit le Roi , & inftruifez-moi.

T 2   Qu'eft-

Qu'eſt-ce que ce *Mange-Taupes?*
Je ne crois pas de ma vie en
avoir entendu parler. C'eſt, répondit Saugrenutio, un Génie
puiſſant, proche parent de Concombre ; ſans doute il aura épou-
ſé ſa querelle ; il eſt d'un tempe-
rament fort amoureux, & l'Iſle
Jonquille où il fait ſa demeure
ordinaire, n'eſt qu'un Serrail
compoſé des plus belles perſon-
nes de l'univers. Toutes celles
qui ont affaire à lui, ſont obli-
gées de paſſer une nuit au moins
dans ſon Palais ; on ne ſçait, à
vrai dire, ce qu'elles y font,
mais, s'il en faut croire toutes
les femmes qui en ſont revenuës,
c'eſt le Génie du monde le plus
reſpectueux. Votre Majeſté ſent
bien ce qu'on en peut croire ;
cependant les maris ont le plaiſir
de reſter toujours dans le doute ;
En

En pareil cas, c'eſt une reſſource. Il eſt vrai, interrompit Tanzaï, qu'elle eſt ſatisfaiſante, mais
je vous jure que je n'en aurai pas
beſoin. Il ſe peut bien, reprit
Saugrenutio, & il y a un moyen
preſque ſûr de le calmer ; plus
on lui apporte de Taupes, plus
il eſt indulgent ; il y a près de
dix ans que la fantaiſie d'en man-
ger, lui eſt venuë, c'eſt aujourd'-
d'hui la ſeule choſe dont il faſſe
cas. Nous aurons heureuſement
de quoi le ſatisfaire, dit le Roi,
& cela me fera plaiſir auſſi ; mes
jardins ſont déſolés par les Taupes, & le Royaume a le bonheur d'en produire prodigieuſe-
ment. Je vais dès ce jour, faire
publier une Ordonnance par laquelle il ſera enjoint à chacun de
mes Sujets, d'en apporter au
moins dix : Mais, par où va-
t'on

t'on à cette Isle Jonquille ? Par
la route que son Altesse a prise,
continua Saugrenutio, pourvû
qu'après la Forêt, il ait soin de
prendre à gauche.

Tout ceci, interrompit Tanzaï, est fort inutile ; Néadarné
ne sortira pas du Royaume, &
ce n'est point pour la voir maîtresse de *Mange-Taupes* que je
l'ai épousée. Répudiez-la donc,
reprit le Roi, puisqu'aussi-bien
nos Loix vous y contraindroient,
si la Princesse au bout d'un an,
ne donnoit pas un héritier au
Royaume. Cette derniere raison
fit taire le Prince, il se rendit
enfin. L'on résolut de ne décou-
couvrir à personne, le sujet du
voyage, & de ne différer le départ qu'autant de tems qu'il en
faudroit pour emporter toutes
les Taupes du pays. Ne craignez
rien,

rien, dit Saugrenutio au Prince,
le Singe vient de vous tendre la
main, & je suis certain, après ce
signe, que le voyage sera heureux, & qu'il n'arrivera rien à la
Princesse. Il a une aversion naturelle pour les gens destinés à
l'affront que vous craignez, ou
pour ceux qui l'ont essuyé. Il
vient pourtant, dit le Prince,
de vous en faire autant qu'à moi;
je crois que ce signe ne veut rien
dire; mais sortons de ce Temple, & retournons auprès de
Néadarné, lui annoncer le voyage.

Tanzaï & son pere de retour
au Palais, trouverent Néadarné
fort inquiete; elle le fût bien
plus, quand le Prince lui apprit
l'Oracle, & le projet du voyage.
Il est inutile, dit-elle à son époux,
que nous quittions ce Palais, je
serois

ferois dans l'Ifle Jonquille comme ici. Moi ! entre les bras d'un autre que vous , ne le croyez pas ! Je refterois plutôt toute ma vie comme je fuis , que de regarder feulement ce Génie. Eh ! nous ne doutons pas de votre vertu , dit le Roi , ne pleurez point ; Saugrenutio affure qu'il ne vous arrivera rien. En un mot, dit le Prince , il le faut ; un preffentiment femble me dire que nous ferons tous deux contents. Ordonnez , je vous en conjure , dit-il à fon pere , les apprêts de notre départ ; je vous demande pardon , mais j'ai l'efprit fi peu tranquille , que je ne puis me charger de ce foin. Le Roi partit , & laiffa Tanzaï effayer inutilement , s'il ne fuffiroit pas pour empêcher la Princeffe de voyager.

CHA-

CHAPITRE XXIII.

Qu'il faut bien se garder de passer, tout impatientant qu'il est.

LE Prince voyant enfin que toutes ses tentatives étoient inutiles, sortit de Chéchian avec Néadarné ; l'un & l'autre traînant à leur suite, vingt Chariots au moins chargés de Taupes. Ni l'un, ni l'autre n'avoit l'esprit tranquille. Tanzaï qui adoroit Néadarné, ne supportoit qu'avec une douleur extrême, l'idée de la voir entre les bras d'un autre, & Néadarné qui n'avoit pas pour le Prince des sentimens

moins.

moins vifs , ne pouvoit imaginer qu'elle ne devroit son changement qu'à une chose , dont
son amour & sa délicatesse lui
faisoient une image affreuse. Ils
avoient déja fait plusieurs jour-
nées que leurs caresses avoient
abregées , lorsqu'ils parvinrent
dans un Prairie si variée par les
fleurs dont elle étoit émaillée ,
que la Princesse fatiguée de sa
marche , y fit tendre ses pavil-
lons , sur les bords d'un ruisseau
qui en embellissant ces lieux , y
répandoit une fraîcheur enchantée. Bien - tôt le murmure de
ce ruisseau endormit les deux
amants , qui n'avoient rien de
mieux à faire. Après que Tanzaï
se fut reposé quelques heures sur
le sein de Néadarné , voyant
qu'elle dormoit encore , il alla
se promener au tour de ce même
ruisseau

ruiſſeau, qui formoit des méan-
dres infinis. Il étoit occupé à ſe
plaindre en lui-même de la bi-
zarrerie de ſon ſort, lorſqu'une
Taupe qui ſortit bruſquement
de deſſous terre, interrompit ſa
rêverie. Dans l'idée où il étoit
que plus il porteroit de Taupes
au Génie, plus il auroit d'égards
pour Néadarné, on peut croire
qu'il n'épargna rien pour ſe ſaiſir
de celle que le hazard lui offroit.
A peine l'eut-il priſe, qu'il lui
trouva une peau ſi douce, tant
de graces ! de ſi beaux yeux !
(choſe ſi rare aux Taupes, qu'il
n'y avoit peut-être dans l'Univers que celle-là qui en eût)
que, mû de compaſſion, il voulut d'abord lui rendre la liberté,
puis, par un ſentiment plus délicat, il aima mieux qu'elle dût
cet avantage à Néadarné : il la
porta

donc au Pavillon. Néadarné qui
venoit de s'éveiller, alloit chercher le Prince dans la Prairie,
lorſqu'il parut avec ſa priſe.
Voyez, charme de ma vie, lui
dit-il, le joli animal que je viens
de prendre, aſſurément! ce n'eſt
pas là une Taupe ordinaire. Ah
qu'elle eſt belle! s'écria Néadarné: Quoi! voudriez-vous la livrer au Génie? Son ſort dépend
de vous, reprit-il, & je ſouſcri-
rai à tout ce que vous en ordon-
nerez.

Je la garderai donc, dit Néadarné: Qu'elle eſt belle! ajouta-
t'elle, voyant qu'elle la careſ-
ſoit, je veux qu'elle reſte avec
nous, j'en aurai ſoin moi-même;
je ſuis peut-être la ſeule femme
au monde, qui ait une Taupe ſi
merveilleuſe; la mienne ne me
quittera jamais. Les femmes ſe
pren-

prennent souvent de passions vio-
lentes, sans trop sçavoir pourquoi, & communément, plus
les objets qui les frappent, sont
ridicules, plus elles s'y attachent
avec fureur. C'est ce qui ne manqua pas d'arriver à Néadarné,
qui se prit pour sa Taupe d'un
amour si vif, que si un quart
d'heure après, il l'avoit fallu sa-
crifier au Prince, peut-être qu'elle auroit balancé ? On ne doit
point pour cela avoir mauvaise
opinion de Néadarné : on avan-
ce, sans doute, ceci témeraire-
ment, les femmes Chéchianien-
nes ne ressemblant peut-être pas
en fantaisies, à celles du reste du
monde. La Princesse, éprise de
sa Taupe, lui fit mettre un co-
lier, & la tint en lesse tant qu'elle se promena dans la Prairie,
sans que cet animal témoignât
jamais

jamais aucune envie de se remettre en liberté. Elle la porta elle-même dans son Palanquin, lorsqu'il fallut y remonter, & gronda Tanzaï jusques à se faire une querelle assez vive, de ce qu'il ne la caressoit pas assez.

Après quelques jours d'une marche qui ne fut interrompuë par aucun évenement, on découvrit la Forêt. Tanzaï qui la reconnut pour celle où il avoit rencontré la Fée au Chaudron, ne pût s'empêcher de soupirer en songeant à l'avanture funeste dont cette rencontre avoit été suivie. Aussi-tôt, & suivant le conseil de Saugrenutio, il fit prendre à gauche. Il se sentoit le cœur dans ce serrement cruel qui nous saisit à l'approche d'un malheur. C'est donc bien-tôt, dit-il à Néadarné en soupirant, que je

je vais vous quitter ? C'eſt donc
moi, qui vous aimant éperduë-
ment, vous remet preſqu'entre
les bras d'un autre ? Un ſort cruel
m'y contraint. Ah ! la néceſſité
de mourir, me ſeroit moins af-
freuſe. Néadarné ! vous m'ou-
blierez, vous ſerez la proye des
deſirs d'un Génie, qui, tout affreux qu'il eſt, ſans doute, vous
plaira peut-être plus que moi.

Eh bien, Prince, lui dit Néadarné, retournons ſur nos pas.
Vous ſçavez avec quel regret
j'obéis : vous m'aſſurez que vous
m'aimerez toujours ; contente de
cette promeſſe, ſûre de poſſeder
votre cœur, qu'aurois-je à deſi-
rer ? Le bonheur de votre vie dépendoit, diſiez-vous, de mon
changement de forme, je me
ſuis ſoumiſe, pour vous plaire,
à tout ce qui pouvoit m'en arriver.

yer. J'ai fait taire mes répugnances , tout ce que me suggeroit
ma vertu , tout ce que m'infpiroit mon amour. Eh que m'importe , hélas ! fi votre paffion
pour moi ne diminuë pas ,, de
refter comme je fuis ? Vous fçavez à quel point je vous aime ,
& loin de compter fur ma fidelité , vous ofez imaginer que celui
que vous me contraignez de re-
chercher , pourra me plaire ? Fut-
il , ce qui ne fçauroit être , fut-il
çe que vous êtes , mon cœur gé-
miffant avec lui , ne penferoit
encore qu'à vous. J'ignore fi ces
plaifirs que vous vantez , font
auffi vifs que vous le dites , mais
quoi qu'il en foit , je crois qu'ils
ne peuvent tenir que de l'amour,
çe charme que vous leur attri-
buez. Je fens que vous me faites
naître des defirs , mais vous feul

donnez

donnez à mon ame ces mouvemens impétueux. Ce Génie ,
dont l'idée vous afflige , & me
tourmente , me fit-il éprouver
cette volupté dont vous m'avez
parlé tant de fois , que vous dites que je n'ai sentie qu'imparfaitement entre vos bras , au milieu de ce désordre , n'étant plus
à moi , je serois encore à vous.
Ah ! voilà précisément , s'écria
Tanzaï , ce Quiétisme affreux
que je crains ! Voilà ces distinc-
tions cruelles que l'esprit fait ,
& que le cœur ne sent pas ! Aussi
heureuse avec ce Génie , qu'avec
moi , il ne vous manqueroit
qu'une idée de volupté qui même ne vous occuperoit qu'après ,
& tout ce que votre amour me
donneroit , seroit d'imaginer ,
que , peut-être , je vous aurois
fait plus de plaisir. Soit , répon-

dit Néadarné en colere, mais que je cesse de vous aimer, si je vais trouver le Génie. Pour vous, rompez un Hymen qui vous devient odieux, Néadarné vous aime assez pour consentir aux dépens même de sa vie à ce que votre indifférence pour elle peut vous suggérer. Le Prince répondit brusquement à ce reproche, la Princesse s'offensa de sa réponse, & l'aigreur alloit se mettre entr'eux, lorsque la Taupe, qu'on n'auroit jamais soupçonnée de sçavoir parler, impatientée de cette ridicule querelle, ne put s'empêcher de dire, en haussant les épaules, par la jernîe! que les amans sont sots! Ah Ciel? s'écrierent-ils tous deux. Ah! continua la Princesse, ma Taupe parle.

Je suis bien trompé, dit Tan-zaï,

zaï, si ce n'est encore la maudite
Concombre qui me poursuit.
Avez-vous entendu comme elle
a juré ? Pour le coup, je l'étran-
gle, puisqu'enfin je suis à même.
Arrêtez, Prince généreux ! s'é-
cria la Taupe, ne me confondez
pas avec votre plus cruelle enne-
mie, ne me tuez pas, vous aurez besoin de moi. Repos de mes
jours ! épargnez-la, s'écria la
Princesse. Quelle simplicité ! répondit-il en tâchant de l'étouf-
fer, ne voyez-vous pas que c'est
Concombre ? Eh non ! je ne suis
pas elle, crioit la Taupe, je suis
la Fée *Moustache*, Cousine ger-
maine, & amie de *Barbacela*.
Prenez garde à ce que vous allez
faire. Dans le fond, dit le Prince en se calmant, elle peut avoir
raison ; mais par quelle avanture
êtes-vous Taupe ? C'est ce que
vous

vous fçaurez bien-tôt , reprit Mouſtache ; mais avez-vous le tems de m'écouter ? Je crains mortellement d'être d'une longueur inouïe. Qu'importe , dit le Prince , nous n'avons rien de mieux à faire. Alors la Taupe commença ſon Hiſtoire ainſi qu'on le verra dans le Chapitre ſuivant.

CHA-

CHAPITRE XXIV.

Qui ne sera peut-être pas en-
tendu de tout le monde.

J'Ai pour Ayeul, le grand Génie *Chou-Macha* : Quant à
mon pere, je ne l'ai jamais bien
connu : la Fée *Chingara* ma mere,
n'a jamais voulu le déclarer, soit
qu'elle n'en fût pas bien sûre,
soit que le choix qu'elle avoit
fait ne lui fît point honneur.
Car ce n'est pas toujours pour se
donner un air de réserve que les
femmes n'avouent pas leurs avantures, il semble que quand la
vanité est flattée de la condition
d'un amant, la vertu y perde
moins.

moins. L'on espera beaucoup de
moi dans mon enfance. Que je
vous en raconte quelques traits ;
je n'avois pas encore quatre
ans .... Ne pourriez-vous pas ,
interrompit Tanzaï , prendre
l'Histoire d'un peut plus haut ?
Eh bien ! vous étiez fort jolie ,
sans doute , en votre enfance ;
passons au tems où vos agrémens
vous furent de quelque chose.
Volontiers , dit la Taupe. On
me nomma *Moustache* , parce
que dans ma figure naturelle ,
j'en ai une fort longue du côté
gauche. *Barbacela* , ma proche
parente , & ma Marraine , voulut absolument m'élever, & *Chin-*
gara y consentit d'autant plus volontiers , qu'outre qu'elle con-
noissoit ma Marraine en état de
me donner une bonne éducation,
elle n'étoit pas fâchée qu'on ne

vit

vit pas fi près d'elle une fille ,
qui , dans la fuite , pourroit effa-
cer fes agrémens.

Barbacela me porta dans l'Ifle
Babiole , dont elle eft Souveraine ; c'eft fans contredit le pays
du monde le moins nébuleux ;
les hommes ne s'y occupent que
de Ponpons & de Madrigaux.
Les femmes n'y ont d'autre foin
que celui de plaire , & s'il arrivoit qu'une d'elles , pourfuivie
par un amant , fût affez diftraite
fur les bienféances du pays , pour
prononcer feulement le mot de
vertu , elle feroit bannie pour
un an de toute focieté. Je ne pré-
tends pas dire que l'on fe con-
vienne d'abord ; la réfiftance dure au moins deux jours , & nous
n'avons gueres vû de femmes fe
rendre auparavant : cela n'eft
pourtant pas fans exemple à la
Cour.

Cour. Ces mœurs vous paroiſ-
ſent ſingulieres , & vous avez
tort.

Qu'une femme, de celles qu'on
nomme parmi vous vertueuſes ,
vous faſſe attendre un mois , ce
terme eſt long. Eh bien ? à la fin
de votre martyre , que vous don-
ne-t'elle que ce qu'une autre ,
moins engouée de décence , vous
donne d'abord ? Car , voyez-
vous , cela revient au même , le
tendre eſt effectif dans le fond.
Au milieu des rebuts étudiés d'u-
ne femme , on a toujours ſa défaite en perſpective ; qu'elle ſe
précipite , ou qu'elle attende ,
elle arrive enfin ; mais l'imagination a trop été au-devant d'elle , on a beau tirer le deſir par la
manche , on a peine à l'éveiller ,
& s'il arrive qu'il s'éveille , le
plaiſir à qui il fait ſigne de trop
loin ,

loin, ou ne vient pas à tems, ou
ne se soucie plus de venir. La
vertu n'est qu'une Baliverniere
qui cherche toujours à vous faire
perdre du tems, & quand elle
croit avoir mis l'amour dehors...
Recommencez un peu ce que
vous venez de dire, interrompit
Tanzaï, que je meure ! si j'en ai
entendu une syllabe. Quelle langue parlez-vous-là ? Celle de l'Isle
Babiole, reprit la Taupe. Si vous
pouviez me parler la mienne,
vous me feriez plaisir, repliqua-
t'il, & comment faites - vous
pour vous entendre ? Je me de-
vine, reprit la Taupe, mais laissez-moi continuer, je ne sçais
plus où j'en suis. Où la vertu
Baliverne, dit Néadarné. Eh
non ! dit Moustache, ce n'étoit
qu'une réfléxion. Je ne sçais donc
plus, dit Néadarné, ce que c'é-

Tome I.   X   toit

toit que l'Histoire ; ah ! vous en
étiez à ces femmes qui se rendent
d'abord. Ma Marraine , reprit
la Taupe , m'élevoit dans les
mœurs du pays , & je commençois déja à sçavoir ce que c'étoit
que mon visage , lorsque je sor-
tis de l'enfance. Avant un certain âge , on se voit sans s'apper-
cevoir , on n'étudie pas ses agrémens , on ne sçait pas ce qu'ils
valent , on les a loin de soi , le
seul desir de les éprouver , les
développe à nos regards ; on
commence alors à s'imaginer.
Sans les hommes , une femme
seroit belle sans le sçavoir , sans
s'en douter , & rien de plus. Je
me voyois convenablement pour
moi-même , lorsque le Génie
Jonquille arriva dans notre Isle.
J'étois vive , agaçante , & ma
beauté étoit , pour ainsi dire ,

tappée

tappée de coquetterie. Il prit pour moi la paſſion la plus vive, mais le Prince des Cormorans, qui étoit arrivé une demie-heure avant lui, m'avoit vûë, regardée, émûë. En fait d'amour, on dépend d'une ſeconde. Le Génie ne ſçut pas qu'il étoit venu trop tard; je m'apperçus à regret de ſa paſſion, & cette découverte m'obligea à cacher la mienne. Comme on ignoroit mon amour pour Cormoran, on fut ſurpris de l'indifférence que je montrois au Génie; ce fut en vain qu'il mit en œuvre ſes agrémens & ſes ſoupirs; toute la juſtice que je lui rendois, n'alloit qu'à l'eſtime, & c'eſt un ſentiment trop peu diſtingué, pour quelqu'un qui s'eſt flatté d'en inſpirer de plus vifs.

Les Fêtes les plus brillantes,

les

les préfens les plus magnifiques,
les foins les plus foumis, le refpect le plus timide, étoient les
feules armes dont il fe fervît
pour vaincre ma rigueur. Je dif-
fimulai long-tems avec lui. Je
fçavois que mon amant avoit
tout à craindre de la colere de
Jonquille, s'il pouvoit le foup-
çonner d'être fon rival : Je me
contentois donc de le voir en fe-
cret, & de lui facrifier les vœux
& les préfens du Génie. J'ai fçu
depuis que cette coutume n'eft
pas nouvelle, & que ce qu'on
tient de l'amant riche, fert à
acheter celui dont on a l'imagination bleffée. Je craignois d'autant plus que le Génie ne foup-
çonnât Cormoran, qu'il n'y
avoit que lui dans notre Cour,
digne d'attirer mes regards. C'é-
toit le plus beau danfeur du monde,

de, perfonne ne faifoit la révérence de meilleure grace, il devinoit toutes les énigmes, jouoit bien tous les jeux, tant de force, que d'adreſſe, depuis le Trou-Madame, juſques au Balon. Sa figure étoit charmante & empaquetée, ſi l'on peut le dire, dans les agrémens les plus rares; il ſçavoit accompagner de toutes fortes d'inſtrumens, une voix charmante qu'il avoit. Jouoit-il bien de la Vielle? Demanda bruſquement Tanzaï. C'étoit, reprit la Taupe, un de ſes inſtrumens favoris. Tant mieux, dit-il, il n'y en a point de ſi merveilleux; mais, continuez votre Hiſtoire, je prends actuellement beaucoup de part à votre Prince. Outre les talens que je viens de nombrer, continua-t'elle, il faiſoit joliment des Vers, Sa con-

X 3   ver-

verſation enjouée & ſérieuſe ,
ſatisfaiſoit également par ſes graces & ſa ſolidité. Auſtere avec
la Prude, libre avec la Coquette,
mélancolique avec la Tendre ; il
n'y avoit pas une Dame à la
Cour dont il ne fît les délices, &
pas un homme, dont il ne créât
la jalouſie. La ſuperiorité de ſon
eſprit ne le rendoit pas inſocia-
ble ; complaiſant avec fineſſe, il
ſçavoit ſe plier à tout ; il poſſe-
doit mieux que perſonne, ce langage brillant de notre Iſle : il n'y
avoit perſonne qui ne fût comblé de l'entendre , & quoique
cet être farouche intitulé le bon
ſens, n'agît pas toujours civile-
ment avec ce qu'il diſoit, l'élé-
gance de ſes diſcours faiſoit qu'il
n'y perdoit rien , ou que le bon
ſens, caché derriere une multi-
tude miraculeuſe de mots placés

au

au mieux, auroit paru d'une in-
sipidité affadissante à ses Secta-
teurs les plus absurdes, s'il eut
été vêtu moins légerement. En
effet, la raison est vulgaire, elle
paroît toujours ce qu'elle est,
elle craint de se noyer dans l'en-
jouëment, & ne manque pas de
faire un saut en arriere, quand
une idée singulierement tournée
se présente, ou qu'une imagination lumineuse se place com-
modément dans le cœur. Après
cela, si elle triomphe, c'est d'une
façon si insultante pour l'huma-
nité, l'amour propre le mieux
élevé, y trouve tant de décri,
y perd tant de ses graces, prend
si mauvaise opinion de lui-même, qu'il faudroit qu'il fût bien
ridicule, pour ne lui pas rompre
en visiere. L'esprit est d'un caractere plus sociable; la dignité

de

de ſes manieres , fait ſentir que
ſon éducation a été ſouſtraite
aux préjugés : Ce qu'il penſe eſt
à lui , ne tient à rien , s'iſole de
lui-même ; il s'éleve ſans prendre de ſecouſſe. Ce que la réfléxion produit , s'appeſantit ſous
le travail qu'elle cauſe ; ce que
l'imagination enfante , eſt auda-
cieux ; l'une abſorbe par ſa gra-
vité , l'autre réveille par ſa pétulance. On voit long-tems la premiere ſur la route, l'autre ſe préſente inopinément. La réfléxion
réprime , ſa juſteſſe n'eſt qu'indi-
gence, prétexte de l'eſprit foible
qu'elle anéantit, à meſure qu'elle
le flatte. L'eſprit indépendant
de tout , fait ſes opérations ſans
calcul ; ſon effet, toujours ſédui-
ſant , plus prompt que l'éclair ;
brille , étonne , éblouit, il prend
toutes les formes qu'on veut ;
toujours

toujours noble ; son air auguste ,
même dans le badin , parle en
faveur de sa naissance , & la raison toujours Bourgeoise auprès
de lui , silentieuse par sécheresse ,
succombe malgré elle en aug-
mentant par sa mauvaise hu-
meur , le triomphe de son rival.
Vrai Singe ! s'écria le Prince.
Ah ! dit Néadarné pénétrée de
plaisir , ah ! que cela est beau.
Sans notre Taupe , nous nous se-
rions ennuyés à périr. Je suis
charmée , reprit Moustache , que
mes idées ne se perdent pas auprès de vous , je me suis bien
doutée que votre goût n'étoit
rien moins que puérile. Mais ,
peut-on , dit Néadarné , apprendre sans peine ce langage ; n'ôte-
t'il rien à l'indolence du repos ?
Pour moi , reprit Tanzaï , je
crois que non , & j'imagine qu'a-
vec

vec les difpofitions que je vous vois, & les leçons que Mouftache vous donnera, vous parlerez bien-tôt auffi fuperficiellement qu'elle-même. Mais, quelle mifere ! ajouta-t'il, de fe fervir de ce mauffade Jargon. Vous reftez deux heures fur la raifon & fur l'efprit, pour ne me donner, ni de l'un, ni de l'autre. Si vous continuez votre Hiftoire fur ce ton-là, je ne réponds pas que je l'entende patiemment. Laiffez-le dire, interrompit Néadarné, *au vrai, c'eft au mieux*, vous parlez de tout point *comme un charme*. Le Prince hauffa les épaules, & Mouftache reprit ainfi fon récit.

CHA-

CHAPITRE XXV.

Comme le précédent.

VOus conviendrez aifément, je crois, après ce que je viens de vous dire de Cormoran, que mon goût pour lui, étoit juftifié ; un feul de fes regards auroit fuffi pour tourner la tête à la femme la moins fufceptible, ainfi il n'eft pas furprenant que fon mérite ait fait fur moi une fi vive impreffion. Tant de paffions ne font fondées que fur le caprice, que je fuis bien-aife de vous faire voir que la mienne ne s'étoit pas déterminée fur rien. La premiere fois que je le vis,

vis , (& l'amour ne peut naître que du premier moment) qui ne l'auroit aimé ! Il étoit au Cercle chez Barbacela. Les hommes les plus galans de la Cour , étoient confultés par nos Dames fur le choix des ajuftemens , fur les modes , & la difficulté d'en imaginer de nouvelles ; c'étoit , comme vous voyez , une matiere importante ! Chacun s'efforçoit de briller , le Prince qui venoit d'arriver à la Cour , réfolut avec tant de folidité les cas difficiles qui fe préfenterent , inventa des modes fi jolies , qu'il n'y eut perfonne qui n'admirât fa fageffe & fon imagination. Pour moi , j'en fus frappée *incognito* jufques au fond du cœur. Une attention particuliere qu'il parut faire à ma perfonne , fixa le penchant que je me fentois déja pour lui ,

lui, & je m'aidai fi bien de mes
réfléxions, que quand le foir je
le quittai, ma paffion ne pouvoit
plus augmenter. L'agrément de
fon efprit qui fe développa dans
la liberté du repas, acheva ma
défaite ; quelque chofe d'obli-
geant qu'il me dit fur ma beauté,
& le filence qu'il garda avec
toutes les autres, me convain-
quirent que fon cœur n'étoit plus
tranquille. Car, cela s'apperçoit
aifément ; l'amour eft un fenti-
ment qui dérange l'ame, & qui
pour s'y mettre à fon aife, s'empare de toutes fes fonctions, &
ne les laiffe agir qu'à fon profit.
Mon cœur qui fembla, au premier coup d'œil, s'entendre avec
le fien, abjura toutes fes bienféances, & par une étourderie
inconcevable, marcha fur le
ventre à toutes les idées de raifon

son qui auroient pû le contredire. Nous nous rencontrâmes à soupirer ensemble , & si nous étions restés plus long-tems l'un avec l'autre , ce soir-là nos desirs se seroient couchés moins enfans qu'ils ne firent. Je ne sçai ce qu'il fit de sa nuit ; pour moi , le sommeil voulut en vain s'emparer de mes sens ; quelques conseils qu'il me donnât, j'aimai mieux en croire l'amour, qui , tout neuf dans mon cœur, l'occupoit plus agréablement que n'auroit fait sans doute le songe le plus aimable. Qu'est-ce en effet que le sommeil quand on aime ? Quelques douceurs qu'il vous apprête , vaut-il le desordre raisonné de votre imagination ? Sur-tout , quand sûr d'être aimé, l'espérance flatteuse arrange vos objets comme vous pourriez

riez les souhaiter. L'on n'a dans
un songe que des idées indistinc-
tes, heureuses quelquefois, mais
souvent contraires à leur source.
Quand on pense soi-même à ce
qu'on aime, on lui fixe son em-
ploi, on le porte où l'on veut,
& la passion qui le détermine,
sçait toujours le faire amusant.

A peine étois-je levée, que
Cormoran entra dans mon appartement ; j'étois alors dans un
Cabinet reculé. Il osa troubler
ma retraite ; le trouble & les desirs, qui étoient peints dans ses
yeux, son sérieux timide, me
prouverent que j'étois aimée. Je
l'avouërai, je n'eus pas la force de
lui rendre sa conquête doulou-
reuse, & d'ailleurs mon rang
m'obligeoit à faire les avances.
Un coup d'œil favorable le ras-
sura donc, & sans y trop inter-
resser

reſſer ma vertu , (car voilà à
quoi ſert l'uſage du monde) ſans
paroître le ſouhaiter, je l'amenai
au point de me faire ſa déclaration. Je ne me ſouviens pas à
préſent de quelle maniere il la
tourna , mais elle fut intelligi-
ble au point qu'il ne tint qu'à
moi de faire ſemblant de m'en
fâcher. Il ne me convenoit pas
d'y répondre tout d'un coup ,
mais auſſi ne voulant pas le dé-
ſeſperer , je lui ſerrai la main ,
geſte indifférent dans le fond ,
& ſur lequel on peut toujours
s'excuſer quand il ne réuſſit pas.
Je ne voulus pas , quoique ſûre
qu'il m'aimoit , en hazarder davantage. Les premieres avances
doivent être moderées. Pour peu
qu'un amant ait d'eſprit , il les
entend ; quitte à les pouſſer ſans
ménagement , s'il ne ſçait pas les
entendre.

entendre. Je ne fus pas à cette peine-là avec Cormoran, il sçavoit que toute main qui serre, veut un baiser, il le prit donc; il rougit du plaisir qu'il en eut, & je rougis aussi, mais de ce qu'il ne recommençoit pas à en prendre. Je jettai sur lui un regard qui me fatigua étrangement; il mouroit d'envie d'être tendre, je n'étois pas fâchée qu'il le fût; cependant il ne devoit pas le paroître : je fis ensorte qu'il ne fût qu'interdit, qu'il n'exprimât que la colere où j'aurois dû être, mais je n'y réussis pas, & l'amour qui le guidoit, le fit comme pour lui-même, avant que j'eusse songé seulement à en corriger l'expression. Si j'avois eu affaire à quelqu'un de moins pénétrant, j'aurois pû m'en sauver, mais ce traître de

Cormoran le prit pour bon, pour ce qu'il étoit, pour ce que je ne le voyois pas. Pour m'en remercier, il baisa encore ma main, que je n'avois pas songé à retirer d'entre les siennes ; il étoit émû, je commençois à raisonner, moins qu'à sentir ; il étoit à mes genoux, c'est une attitude qui frappe toujours, & qui n'est point du tout indifférente ; si elle prouve du respect, elle met en même tems à portée d'en manquer.

Je me baissai, uniquement pour engager Cormoran à se relever, il saisit ce moment pour me surprendre un baiser qui me pénétra : c'étoit le premier de ma vie, tous mes sens se troublerent, ma tête malgré moi resta panchée sur la sienne. J'ai éprouvé depuis la même volupté, té, elle m'a toujours été chere, mais elle ne m'a jamais été si sensible. Je ne sçai ce qu'en ce moment, Cormoran faisoit de lui-même ; je crois que s'il avoit été moins égaré, j'étois perduë. Lorsque je revins de mon trouble, le Prince étoit encore dans le sien ; ses yeux étoient chargés d'une tendre langueur ; ses soupirs étoient interrompus ; son cœur pressé ne les lui fournissoit qu'avec peine. Quel bonheur, qu'alors il ne pût rien entreprendre ! l'instant de sa déclaration auroit été celui de son bonheur. C'étoit une chose d'usage à la Cour, mais je ne voulus pas m'y soumettre. Je connoissois assez les hommes pour sçavoir qu'ils attribuent une conquête trop prompte, moins à l'amour qu'on a pour eux, qu'à l'habitude de

se

se rendre ; qu'ils aiment mieux mortifier leur vanité, que de ne pas humilier la nôtre, & cette raison me retint, où la pudeur ne l'auroit sçû faire. Ah Prince ! dis-je à Cormoran, laissez-moi, ne seroit-ce pas à vous à me défendre de ma foiblesse ? N'augmentez pas l'inutilité de ma raison ; revenez à vous, rendez-moi à moi-même ; je vous aime, hélas ! vous n'en pouvez pas douter, les preuves de ma tendresse en ont dévancé l'aveu. Qu'il m'est doux de ne vous avoir pas tout donné, & de songer que mon amour a encore mille présens à vous faire ! Jouissons du plaisir de nous adorer, abandonnons-nous-y, que nos jours s'écoulent dans notre ardeur, qu'ils ne renaissent que pour nous y retrouver ; que le présent en

nous

nous rappellant le paſſé , nous
encourage à nous aimer ſans ceſſe , & puiſſions-nous , dans l'avenir , n'enviſager encore que le
bonheur qui nous pénétre aujourd'hui ! heureux d'être tous
deux immortels ! plus heureux
de rendre notre amour auſſi éternel que notre exiſtence ? Ah !
divine Fée, s'écria Cormoran, je
ne puis plus ſuffire à mes tranſports , vos bontez me confondent : ne pouvoir vous en exprimer ma reconnoiſſance , n'eſt-ce
pas vous prouver combien elles
me pénétrent ? Mais vous ne
concevez pas encore vous-même , à quel point elles me ſont
précieuſes. Content de vous adorer , quand même vous m'auriez
accablé de rigueurs , jugez, s'il
ſe peut, de mes tranſports quand
je vous vois partager ma flam-
me.

me. Heureux de vivre pour vous
adorer , pour vous confacrer
tous les momens de ma vie !
mais malheureux de ne pouvoir
mourir, fi jamais vous changez
pour moi. Cependant Jonquille
vous aime ; quel rival ! & fi je
n'ai pas à redouter votre inconf-
tance , que ne dois-je pas craindre de fon pouvoir , & peut-
être de fes agrémens ? Je l'avouërai , lui dis-je , il s'eft déclaré
pour moi , mais je n'aurai pas
long-tems à contraindre ma tendreffe, & à fupporter la fienne.
J'employerai tant de foins à le
rebuter , & à vous rendre heureux , qu'il gémira de douleur ,
autant que vous foupirerez de
plaifir. Une paffion qui n'a plus
d'efpoir , s'irrite d'abord , mais
s'attiédit. Ennuyé du peu de fuc-
cès de fes foins, bien-tôt, croyez-
moi ,

moi, fa fierté lui fera porter à
une autre des vœux qu'il verra
méprifés. Mais contraignons-
nous ; tout Génie que vous êtes,
vous fçavez combien fa puiffance eft au-deffus de la vôtre ;
ne pouvant trancher vos jours,
du moins il les rendroit malheureux, fans doute, nous ne nous
verrions plus. Ah ! je ne puis y
penfer fans frémir. Contens de
pouvoir en public nous dire par
nos yeux que nous nous aimons,
réfervons-en les preuves pour
des lieux dont nous ferons fûrs.
Mais fortez d'ici, je craindrois
qu'on ne nous y furprît, &
qu'on ne devinât la caufe de
l'embarras où nous fommes tous
deux ; dans une Cour où l'amour
fait la principale affaire des Cour-
tifans, il ne feroit pas équivoque. Le Prince, qui craignoit
que

que cette paſſion violente que
je lui marquois, ne fût qu'un caprice, auroit bien voulu, avant
que de ſortir, que des faveurs
plus marquées réaliſaſſent ſon
bonheur, mais ce n'étoit pas
mon intention de porter ſi loin
ma foibleſſe. J'imagine bien que
ce n'étoit pas par vertu que j'é-
tois ſi réſervée ; je ne ſçai pas
non plus, ſi c'étoit par délica-
teſſe, mais j'ai peine à croire, ſi
je n'avois pas fait ſortir Cormoran, que j'euſſe pú reſter avec lui
où j'en étois. Ses yeux étoient ſi
tendres, & j'étois ſi foible !
d'ailleurs, il m'avoit marqué
tant de tranſports pour une bagatelle, que j'aurois voulu voir
à quel excès auroit été ſa reconnoiſſance, ſi je lui avois donné
plus lieu d'éclater. Il ſortit à regret, & je tâchai de lui cacher
que

que c'étoit à regret aussi que je le laissois sortir. A peine fûs-je seule que je me fis des reproches, non de ce que j'avois fait, mais de l'avoir renvoyé si content. J'aurois été au desespoir qu'il eut douté de mon cœur, & je ne trouvois pas à propos qu'il en fût si sûr. Quoique je ne sçûsse pas bien encore, tout ce que nous perdons auprès d'un homme, quand nous avons satisfait ses desirs, je me doutois bien, quelque enflammé qu'il puisse être, qu'au moins il a perdu le plaisir de la curiosité ; & je sentois par moi-même que ce plaisir tient de la place dans l'ame, & que pour le même objet il n'y peut loger qu'une fois. J'avois résolu, malgré ma passion pour Cormoran, de le laisser long-tems desirer, d'être quelquefois douteuse pour

Tome I.   Z   lui ;

lui ; mon amour souffroit à imaginer cette politique , mais elle
me parut si nécessaire , que je
surmontai mes répugnances à
cet égard. Quand je le revis dans
la journée , mes yeux furent plus
muets qu'ils ne l'avoient été le
matin , j'y laissai même une impression de froideur qui le deses-
pera. Il est vrai que certaine du
chagrin que je lui avois causé ,
un regard tendre , & plein de
feu que j'appuyai sur lui , travailla à lui rendre ses premieres
esperances. Je sçais que dans le
monde , les hommes appellent
ce manege , de la coquetterie ,
mais pour qui travaillons-nous ,
si ce n'est pour eux ? Quels charmes ne trouveroient-ils pas bien-
tôt insipides , si nous ne prenions
le soin de réveiller leur cœur ?
Les aimons-nous toujours tendrement ?

drement ? Sûrs de nous trouver
dans une égalité constante, ils ne
la desirent plus : Un caprice au-
quel ils ne s'attendent point, les
tire de leur léthargie, ils se
voyent avec desespoir, sur le
point de perdre un bien dont ils
ne jouissoient plus qu'avec non-
chalance. Le mouvement qu'ils
se donnent pour se le faire rendre, renouvelle leurs sentimens ;
ils ne se souviennent plus que
nous étions à eux, ils veulent
que nous y soyons. Notre perte
prochaine leur fait seule sentir
combien nous leur étions néces-
saires, ils nous en aiment davantage, & par conséquent, nous
en deviennent plus chers ; le
cœur y gagne des deux côtez,
c'est un surcroît de tendresse qui
lui arrive. Un amant n'a-t'il point
de fantaisies à essuyer, point de

rivaux

rivaux à craindre, il croit qu'il
n'aime plus, ou du moins, que
ce n'est plus que par habitude,
ou par reconnoissance. N'est-ce
pas un service à lui rendre, que
de lui ôter une erreur qui éteint
ses plaisirs ? L'amant tendre revient, quand la maîtresse sensible disparoît ; ces faveurs qu'il
recevoit sans desirs, redevien-
nent plus piquantes pour lui que
la premiere fois, dès qu'il a pû
imaginer qu'elles lui seroient ra-
vies ; il ne conçoit même pas,
comment il a pû les négliger. Au
milieu d'un raccommodement
inattendu, quel triomphe pour
nous ! quel charme pour lui ! de
sentir renaître dans son cœur un
sentiment qu'il n'y distinguoit
plus. L'amour n'est que ce que
nous le faisons ; si nous le lais-
sions comme la nature nous le
donne,

donne, il feroit trop uni ; fans
délicateffe, il feroit fans volupté ; nous ne devons ce bien qu'à
nous-mêmes ; il falloit le rendre
difficile pour le rendre agréable.
Notre empire fur les hommes
dépend de nous, & quand il
nous arrive de le perdre, ce
n'eft jamais qu'à notre peu d'a-
dreffe que nous devons nous en
prendre ; s'ils nous en privent,
ce n'eft pas leur faute : Hélas ! les
pauvres gens qu'ils font ! n'y
penferoient pas d'eux-mêmes :
Déterminés pour l'efclavage, ils
ne quittent une chaîne que pour
rentrer dans une autre ; ils fen-
tent qu'ils font faits pour être
toujours dominés. Mais vou-
lons-nous les fixer ? ne leur of-
frons jamais un bonheur parfait ;
comblons leurs defirs, mais ne
les anéantiffons pas ; au milieu

Z 3　　　des

des plus grandes voluptés qu'il leur manque quelque chose, ne fût-ce même qu'un soupir ! le defir ne meurt que d'être comblé, & c'eft une maladie qui ne lui arrive, que quand nous ne voulons pas la lui épargner. Ah quel enchantement ! s'écria Néadarné. En honneur ! Taupe, ma mie, dit Tanzaï, je n'ai de ma vie, rien entendu d'auffi extraornaire que vous. Les belles réfléxions ! dit encore Néadarné. Quand il feroit vrai, reprit Tanzaï, qu'elles fuffent auffi belles que vous le dites, je ne les en aimerois pas davantage. Je les trouve longues & déplacées, & je ne fçache rien de fi ridicule que d'avoir de l'efprit mal-à-propos. Il y a trois heures au moins que Mouftache nous tient en haleine pour une Hiftoire que

j'aurois

j'aurois faite en un quart d'heure. Je crois que pour conter
agréablement, il faut être naïf.
Si par hazard un fait fournit une
réfléxion, qu'on la fasse, mais
qu'elle n'anéantisse jamais le
fond ; qu'elle soit courte ; qu'elle
ramene l'Auditeur à l'attention
qu'il doit avoir pour le narré
qu'on lui fait, & que l'on s'épar-
gne sur-tout cette envie de briller qui contraint l'esprit, & lui
ôte le naturel. Partie si nécessaire à quelque genre que ce
puisse être, que sans elle, je ne
trouve point de vrayes beautés.
Je ne parle plus à *Moustache* de
son Jargon, je vois qu'il est né
avec elle ; mais à propos de quoi
ce monceau d'idées, toujours les
mêmes, quoique différemment
exprimées ? Pourquoi ces choses
dites cent fois, & revêtuës pour

repa-

reparoître encore d'un goût qui les rend bizarres, fans les rendre neuves ? Que me fert à moi qui ai envie d'être promptement au fait de votre Hiftoire, de fça-voir toutes les réfléxions que vous avez faites après coup fur vos avantures ? Et une bonne fois pour toutes, Taupe mes amours, des faits, & point de verbiage. Vous pouvez avoir rai-fon, reprit Mouftache, mais l'effentiel ne doit pourtant pas être traité comme le futile. Eh bien ! reprit Tanzaï, elle croit m'avoir répondu. Eh ! mais fans doute, dit la Princeffe, elle par-le bien. Je ne fçache rien de fi charmant que de pouvoir parler deux heures où d'autres ne trou-veroient pas à vous entretenir une minute. Qu'importe que l'on fe répete, fi l'on peut don-

ner

ner un air de nouveauté à ce que
l'on a déja dit ? D'ailleurs, cette
façon admirable de s'exprimer
que vous traitez de Jargon,
éblouit ; elle donne à rêver ;
heureux ! qui dans sa conversation peut avoir ce goût galant.
Quoi ! ne trouver toujours que
les mêmes termes, ne pas oser
séparer les uns des autres, ceux
qu'on a accoutumés de faire
marcher ensemble ! Pourquoi seroit-il défendu de faire faire con-
noissance à des mots qui ne se
sont jamais vûs, ou qui croyent
qu'ils ne se conviendroient pas :
la surprise où ils sont de se trouver l'un auprès de l'autre n'est-
elle pas une chose qui comble,
& s'il arrive qu'avec cette surprise qui vous amuse, ils fassent
beauté, où vous croyez trouver
défaut, ne vous trouvez-vous
pas

pas singulierement étonné? Faut-il qu'un préjugé?... Par Singe! s'écria Tanzaï, vous m'étonnez singuliérement vous-même, & j'admire le peu de tems qu'il vous a fallu pour vous infecter de ce mauvais goût. Mais finissons la dispute, que Moustache acheve son Histoire, s'il est possible, & qu'elle ne quitte plus son *Cormoran* pour courir après des disgressions inutiles. Allons, continuez, dit Néadarné à Moustache, & sur-tout rendez-moi compte exactement de ce que vous avez fait, & non-seulement de ce que vous avez pensé, mais encore de ce que vous auriez voulu penser; n'oubliez pas, en un mot, la plus légere circonstance. Vous contez si bien,

Crebillon fils

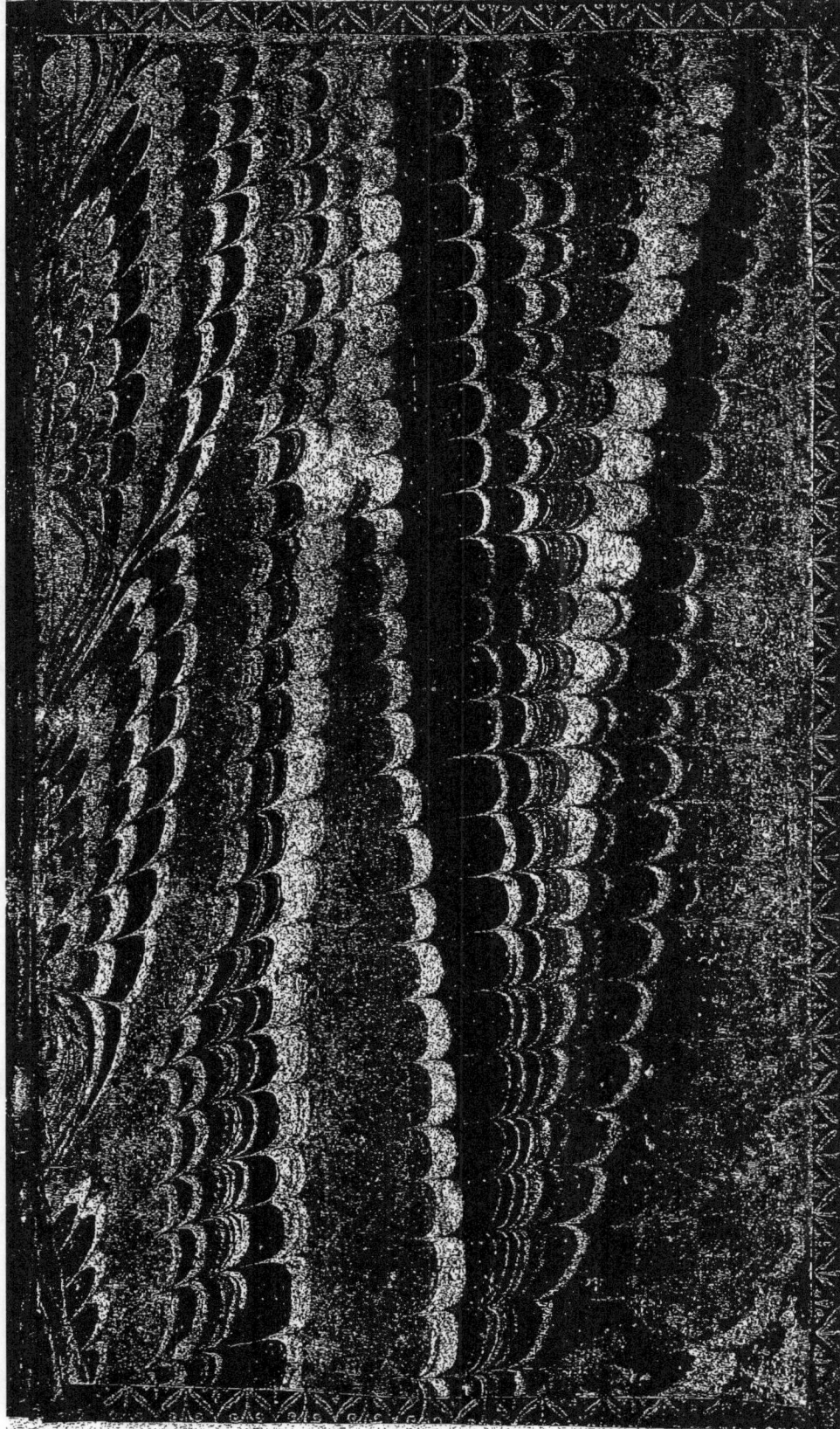

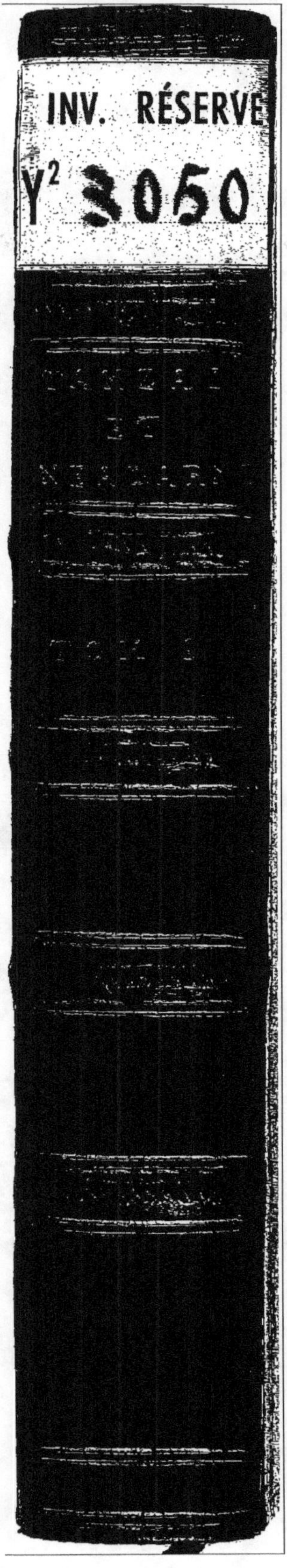
INV. RÉSERVE
Y2 3050